Omslagsbild: Alex Bergström

Förlag: BoD – Books on Demand, Stockholm, Sverige

Tryck: Books on Demand, Norderstedt, Tyskland

ISBN: 978-91-80070027

HAMMARUDDEN

Del 1 av 2

Weström/Eriksson

1

Midsommarafton 1960

Magda låg utsträckt på rygg i sin koj och lyssnade till vågornas skvalp mot skrovet. Det var skönt att slippa motorns brummande ljud för en stund. Besättningen var väl inte så road över en trasig motor, men för hennes del spelade det ingen roll.

Hyttventilen var en aning öppen och hon kunde höra fiskmåsarnas skrän på håll. Det var i mitten av juni men hon var inte säker på vilket datum det var. Den ena dagen var den andra lik här på sjön. Rörelsen under det tunna vita nattlinnet fick henne att le. Livet i magen hade med ens blivit så verkligt. Det kunde inte vara långt kvar, hon hade blivit så stor. Magda strök med handen och killade lite extra vid utbuktningen av något som kändes som en fot.

”Tack vare dig får jag ligga ensam i min koj”, sa hon ömt.

Hur det skulle bli efter födseln vågade hon inte tänka på. Sedan hennes farbror ramlat från båten och försvunnit ner i djupet hade hennes uppgifter förändrats. Från att ha

hjälpt till i köket och med städning blev hon helst
plötsligt alla mäns egendom när helst de önskade. Hon
tänkte med vånda på allt hon tvingats utstå från dessa
brutala busar. De kunde väl knappast kräva något sådant
av henne sen?

En hård bankning på dörren fick henne att vakna ur sina
funderingar.

"Släpp in mig. Jag behöver lätta på trycket."

Magda såg förskräckt på den olåsta dörren. Hon hade
blivit lovad att få slippa ta emot dem eftersom hon snart
skulle föda.

"Magda!"

"Låt henne vara! Det blir ett jävla liv om du trotsar kapten."

Ossi var den värsta av dem. Han luktade äckligt. En riktig
skitgris, tvättade sig aldrig. Tanken på att han kunde vara
far till hennes ofödda gav henne kväljningar.

"Vi får lugna oss tills hon blivit av med ungen."

Rösterna försvann allt längre bort och hon drog en suck
av lättnad för att i samma sekund fundera över vad
mannen sagt.

Utan förvarning började tårarna trilla. Bara tanken på att
de skulle överväga att ta barnet ifrån henne gjorde
fruktansvärt ont. Männen hade aldrig tagit hänsyn till

någon annan än sig själva, så varför skulle de göra det sen?

Magda reste sig klumpigt från kojen och plockade fram sin ask med tandborste och kräm. Sen den gången hon hittade musbajs vid sin borste var hon noga med att inte låta den ligga framme. Hon huttrade av obehag vid minnet. Egentligen borde hon vara van.

När föräldrarna dött i en bilolycka hade hon bott med sin faster och farbror. De bodde i ett stort hus på landet vilket var ett bra ställe, men livet där hade inte varit en dans på rosor. Hon hade inte blivit långvarig där. Fastern hade inte lust eller ork att ta hand om ett barn som grät nätterna i ända. Magda kom ihåg den tiden väldigt väl. Sorgen efter föräldrarna hade varit så stor. När hon fyllt tio hade farbrodern tagit med henne till den här båten.

Det var dags att krypa till kojs men sommarvärmen var alltför påtaglig. Skulle hon våga gå ut en stund? Magda öppnade försiktigt dörren och tittade ut. Ingen av männen syntes till. De kanske hade somnat. Inte alla förstås. De som hade vakten var tvungna att hålla sig nyktra, men de brukade å andra sidan inte bråka med henne.

Den svala vinden fläktade hennes höggravida kropp när hon tyst gick över till andra sidan av däck. Magda slog sig ner på den fastskruvade träbänken. De låg visst ganska nära land. Hon följde kustremsan med blicken. Den såg öde ut. Bodde det någon där över huvud taget? Solen var på väg ner och färgade himmel och vatten i gult, orange och rött. Magda lutade ryggen mot väggen och blundade. Båtens svaga rörelser och det kluckande ljudet av vatten som slog mot skrovet blev för sövande, hon gäspade stort. Lika bra att gå in. Här ville hon inte riskera att somna.

. . .

Magda vaknade med ett ryck av oväsendet utanför sin dörr.

"Nu tänker jag komma in till dig. Jag skiter fullkomligt i din stora mage. Du duger bra ändå."

Skrämt såg hon ut i mörkret och kröp upp i ena hörnet av bädden. Dörren öppnades och en frän lukt av sprit och svett mötte henne.

Hon svalde ett par gånger och försökte samla mod. "Gå din väg."

"Det kan hon inbilla sig", sa han, snubblade över tröskeln och blev liggande raklång framför hennes koj.

Snabbt reste hon sig från bädden och kryssade mellan mannens fäktande armar.

"Kom tillbaka!"

Magda sprang det fortaste hon förmådde ut på däck.

"Och vart är hon på väg?" hördes en hotfull röst.

Skrämt tittade hon upp mot den stora siluetten som böjde sig över henne.

"Jag …" flämtade hon skräckslaget. En hård hand greppade runt nacken.

"Trotsar du förbudet att gå ut nattetid, ja då vet du vad som gäller", frustade den berusade mannen belåtet.

Hon viftade med armarna men lyckades inte komma loss. Mannen skrattade hånfullt och knuffade henne framför sig. Det enda som rörde sig i huvudet just då, var hennes ofödda barn. Dessa hemska män hade inte ett uns medlidande med henne. Han vände henne mot sig och tryckte sin stinkande mun mot hennes. Det skar till av smärta i magen. Magda flämtade till och han kom av sig för en sekund. Utan att tänka på vidare konsekvenser lyfte hon knät och riktade ett hårt slag mot hans skrev.

Mannens grepp lossnade och hans ena hand tog om skrevet. "Du … din jävla hora", morrade han flämtande.

Magda slet sig loss och sprang mot andra sidan av däcket med handen mot den ömmande punkten i magen. Inget fick hända hennes barn. Fly var det enda hon kunde göra.

Blicken fastnade på repstegen som hängde över relingen. Hon slet åt sig livbojen från väggen och hivade den i vattnet. Med stor möda klättrade hon över kanten, grep tag i repstegen och började ta sig nerför på darriga ben. En svärm av svordomar ovanifrån fick henne att tappa greppet och hon föll skräckslaget i det kalla vattnet.

Vattnet omslöt Magdas kropp och en isande kyla spred sig genom märg och ben. Det krampade i korsryggen och den tunga magen tryckte obarmhärtigt mot hennes lungor. Kallsupen gjorde det än värre att andas men hon vågade inte hosta. Ett ljussken från båten sökte över vattenytan. Nej! Inte hit. Trots att lungorna skrek efter luft tog hon sats och försvann in under vattenytan. Det tunna nattlinnet svepte runt benen likt en snara som försökte fånga sitt byte. Hon fick fatt i kjoltyget och knöt fast det runt midjan. När hon kom upp till ytan igen hade hon kommit en bra bit från båten.

Lampan slocknade och hon hörde mannen svära. Det var nu eller aldrig. Magda hade inte många minuter på sig. Snart skulle däcket vara fullt av män som deltog i sökandet. Den mörka främmande kusten längs Gotlands östra sida var skrämmande. Tänk om det var sant, det hennes farbror en gång berättat. Att det fanns hemska sjörövare på Gotland.

Upprörda röster hördes från däck. Det värkte i armarna efter de ansträngda simtagen men inget kunde få henne att stanna av. Lyktornas sken dansade över nattens krusfria vatten och hon tvingades åter under ytan. Det kommer inte att gå. Hon kommer att dö. En spark mot revbenet fick Magda att kvickna till och gav henne nya krafter. *Mitt barn. Vi ska klara det här.*

2.

Mats lät årorna vila i klykan och gled sakta fram genom vattnet. Han älskade dessa ljumma kvällar. Den svaga brisen mot hans nakna armar fick huden att knottra sig. Det hade blivit betydligt senare än han räknat med. Elin var för jäkla grann … Synd att hon redan hade fästman. Men så var det och även om han gärna ville tolka in något mer än bara vänskap i hennes leende, så hade hon inte gjort något som kunde missförstås. Det tog emot men han måste acceptera att hon var förbjuden frukt. Årbladet i vattnet styrde honom på rätt kurs mot åmynningen.

Höga röster från en stillaliggande båt lite längre ut fick honom att stanna till. Han mindes den sen tidigare under dagen. Troligtvis en lastbåt. Hade det hänt något månntro? Flera ljussken svepte över vattnet. Det var omöjligt att höra vad människorna sa, men de lät upprörda. De kanske behövde hjälp? Mats vände båten och började ro utåt. När han var nästan intill började han ångra sig. Männen skrek och lät onyktra. Försiktigt försökte han vända om för att ta sig tillbaka, när ett starkt sken riktades mot honom.

13

"Behöver ni hjälp?" ropade han tveksamt.

Ännu en lampa riktades mot honom från ett annat håll och en man ropade något på ett främmande språk. Mats förstod inte vad han sa, men att det inte var någon trevlig hälsningsfras förstod han av tonläget.

Hjärtat bultade hårt. Han var inte välkommen här. Med ett par snabba årtag vände Mats på båten och rodde det snabbaste han förmådde. Det värkte i armarna när han närmade sig mynningen i Åminne. Han tog några djupa andetag och blundade. Det hade varit något desperat över männen. Vad hade hänt om han hade stannat kvar?

Ekan flöt lugnt framåt medan han hämtade andan. I ögonvrån skymtade han något ljust inne bland vassen. Någon som tappat något? Båten fortsatte sakta framåt.

Mats närmade sig det ljusa byltet, sträckte ut handen för att greppa det och kände att det var benet på en människa. Pulsen sköt i höjden och han tappade taget om benet. Det kunde väl inte vara sant? Mats drog sig längre in i vassen. Men kära nån …

Försiktig lyfte han den livlösa kroppen som hängde över en flat sten och drog henne över till båten. Var hon död? Det var svårt att se. Herregud! Hon var gravid. Det fanns ingen tid för tvekan, han var tvungen att hjälpa henne och det med en gång. Var det henne männen letade efter?

Han hajade till när hon plötsligt öppnade ögonen och flämtade skrämt. "Help me." Hon sökte med blicken ut mot sjön och darrade. "Help me …" viskade hon och klamrade sig fast vid hans arm. Greppet lossnade och hon blundade.

Mats spanade förfärat ut mot båten. De verkade ha att ha utökat sitt sökande och var på väg mot land med en mindre båt.

Vad skulle han göra? Han tänkte febrilt. Mumma! Ja, hon var den enda som kunde hjälpa honom. Mumma hade alltid funnits till hands för honom sedan han var liten. Vågade han ro längs kusten till Hammarudden eller var det bättre att ta sig fram via land? Han lyssnade efter kvinnans andetag som var korta och svaga. Det fanns inte tid för landsvägen. Han ryckte åt sig sin tröja och bredde ut den över henne.

…

Det brusande ljudet av pulsen som forsade genom honom mildrades ju närmare bryggan vid Hammarudden han kom.

Mats tittade upp mot land, men kunde inte se något ljus från stugan. Hade hon gått till sängs? Under det senaste året hade hon tacklat av allt mer. Inte så konstigt egentligen, hon hade levt ett hårt liv och åren började nu ta ut sin rätt.

Mats lyfte varligt den lilla kroppen. Trots den stora magen vägde hon inte mycket. Ett ynkligt jämrande kom från hennes halvöppna mun när han beskyddande tryckte henne mot sin bröstkorg. Så skönt, då fanns det liv i henne.

Det var mörkt i stugan och han fick lite dåligt samvete. Men vad hade han för val? Försiktigt knackade han på dörren. En lampa tändes och ljudet av fotsteg som släpade sig fram över golvet hördes. Dörren öppnades på glänt.

"Mats?"

"Jag ber så hemskt mycket om ursäkt, men jag behöver din hjälp."

Mumma öppnade dörren och släppte in honom utan vidare frågor.

"Jag hittade hennes liggande i vassen nere vid Åmynningen."

Mumma tittade på honom med stora ögon. "Vem är hon?"

"Ingen aning, men det ligger en båt för ankar en bit ut. De verkar leta efter någon. Tänkte erbjuda dem hjälp men de var väldigt otrevliga, så jag rodde in till land igen. Då hittade jag henne i vassen …"

”Menar du lastbåten? Jag tror bestämt att den far mellan Estland och Polen.” Mumma tittade på kvinnan. ”Hon är gravid och långt gången. Vi får lägga henne här”, sa Mumma och pekade på bädden som han själv så många gånger sovit i.

Snabbt bäddade Mumma sängen och han lade kvinnan tillrätta och tog tag i täcket för att lägga det över henne.

”Du kan inte bädda ner henne så där. Hon är dyngsur.”

”Ska jag ta av …?”

”Nej! Kommer inte på fråga. Du kan åka hem nu. Jag tar hand om henne.”

Mats såg tacksamt på Mumma. ”Jag kan alltid lita på dig. Är du säker?”

Mumma viftade avvärjande mot honom och pekade på dörren. ”Kom förbi i morgon.”

Han nickade tacksamt och öppnade dörren. Nu var kvinnan i trygga händer. Van vid terrängen skyndade han mot ekan. Ute på sjön var allt tyst och stilla. Tydligen hade de gett upp letandet. Kunde det vara den gravida kvinnan de sökte? Mats mindes skräcken i hennes ögon och bönen om hjälp. Hade någon kastat i henne? Eller var hon på flykt?

Huttrande tog han några årtag. Typiskt! Nu hade han behövt tröjan, men den hade han lämnat kvar i stugan.

3.

Mumma vaknade med ett ryck. Aj … oj, hon hade visst somnat. Stelt rätade hon sig på pinnstolen och fick fatt i strömbrytaren till fönsterlampan. Hon hade inte vågat gå och lägga sig ifall kvinnan behövde henne.

"Var är jag?" frågade kvinnan oroligt när lampan tändes.

Mumma mötte hennes skrämda blick. "Så du är inte härifrån ändå? Estland?"

Kvinnan nickade vagt.

"Du är hemma hos mig på Hammarudden. Du kan kalla mig Mumma."

Kvinnan försökte resa sig upp. "Du förstår vad jag säger."

Mumma log vänligt. "Jag är född i Estland, kom hit i början av kriget."

"Uh … å nej. Det gjorde helt plötsligt så ont", sa kvinnan och tog sig på magen.

”Vad heter du?”

”Aj … Magda.”

”Såså kära vän. Lägg dig ner så ska jag förbereda dig inför födseln.”

”Födsel! Det kan väl inte vara dags än?” sa Magda skräckslaget.

”Är det dags, så är det. Det märker vi snart. Du har utsatt din kropp för en enorm belastning. Jag antar att du kommer från båten som ligger där ute.”

”Jag vill inte! Har de bett dig om hjälp? Tänker du ta mitt barn ifrån mig?”

”Lugn… jag är inte i maskopi med någon. Jag är här för att hjälpa dig och ditt barn. Försök att slappna av. Är den lilla på väg, måste du spara på krafterna.”

Hon mötte Magdas tårfyllda ögon och fylldes av medkänsla. Självklart förstod hon henne. Rädslan att förlora sitt barn var enormt stark och dessutom var kvinnan skräckslagen att tappa kontrollen.

”De kommer att ta mitt barn! Sen min farbror dog har jag förlorat allt mitt värde. De kommer att döda mig.”

Mumma tog Magdas hand och kramade den lätt. ”Jag lovar att inte svika dig. Du kan lita på mig.”

. . .

Mumma sträckte på ryggen. Åh! Som den ömmade. Det hade blivit tidig morgon och natten som gått kändes enormt lång. Magda badade i svett efter flera timmars födslovärkar, vilka nu verkade komma allt tätare. Mumma baddade hennes heta kropp med svalkande dukar medan Magda laddade för nästa värk.

"Nu är det dags … vid nästa värk tar du i lite extra."

Magda skrynklade ihop sitt illröda ansikte och tryckte på för kung och fosterland. Mumma gjorde sig redo och tog ett varsamt tag om det lilla huvudet, medan resten av kroppen sakta gled efter.

En flicka … men något var fel. Hon andades inte och den lilla kroppen var blå. Mumma stoppade vant in fingret i barnet mun och fångade upp lite slem. "Så lilla vän … kom igen nu" sa hon oroligt och daskade barnet lätt i ryggen. Fortfarande inget livstecken. Stackars liten. Mumma lindade in barnet i ett lakan och lade henne i en korg.

"Jag beklagar, det ser inte … Magda?!"

Pulsen sköt i höjden. Hon såg förskräckt på Magdas likbleka ansikte. Ett skrik av fasa bröt ut från Magdas mun.

"Men kära barn! Vad är det som händer?" utbrast Mumma förskräckt.

Den röda fläcken blev allt större mellan Magdas ben, medan ett nytt huvud sakta pressades ut genom hennes sköte. Mumma skyndade snabbt till undsättning och fångade även denna gång upp en flicka i sina händer. Men precis som för sin syster såg det mörkt ut även denna gång. Med varsamma händer lindade hon in den lilla och placerade henne intill systern. Nu var hon tvungen att ta hand om modern som var likblek av blodförlust. Mumma gjorde vad hon kunde för att stoppa blödningen men inget hjälpte. Hjälplöst tog hon kvinnans hand.

"Magda, jag är så ledsen …" Mumma höll kvinnans hand och strök henne försiktigt över kinden.

"Jag … det gick inte … som tänkt … eller hur?" viskade Magda ansträngt.

"Kära nån … jag vet inte vad jag …"

Magda pekade på sina örhängen. "Ta dessa. De är … värdefulla. Min mormors mors. Hon var ryska."

"Inte kan jag ta …"

Magda drog ett svagt andetag för att sedan tystna helt.

Vilket elände! Så fruktansvärt. Mumma reste sig från pallen och öppnade dörren på vid gavel. Hon gick ut och fyllde lungorna med frisk luft. Ögonen tårades och hon grät högt. Så orättvist! I natt hade tre liv gått till spillo. Var det hennes fel? Men vad annat kunde hon ha gjort?

Mumma fortsatt ner mot vattnet där hon satte sig på en sten och tittade ut över sjön. Vad var meningen med detta? Varför hade Magda kommit i hennes väg?

Händerna var ännu färgade av kvinnans blod. Ner till sjön! Hon var tvungen att tvätta sig. Det svala vattnet fick hennes andning att lugna av. Det här var inte hennes fel, hon hade gjort allt för att hjälpa. Mer kunde ingen begära.

Klockan var snart fem och det var redan ljummet i luften. Det skulle nog bli en varm dag.

Oroligt väntade Mumma på att Mats skulle komma. Tänkt om han fick förhinder, vad skulle hon göra då? Även om Magda inte vägde mycket skulle hon inte mäkta flytta på henne. Vad skulle de förresten göra med kroppen. Ett svagt ögonblick ångrade Mumma att hon hjälp till. Tänk om männen skulle få reda på att hon gömt Magda? Skulle de smyga sig hit om natten och hämnas då? Mumma drog ett darrande andetag. Nej, Mats skulle komma som han sagt. Kanske visste han någon råd.

Hon återvände in i stugan och la täcket över Magda. Magen skrek av hunger, så hon kunde inte vänta med att äta tills Mats hade varit där.

Vedträna knastrade lugnande i spisen, medan hon väntade på att kaffet skulle koka. Smörgåsen hade hon redan ätit upp.

Ett ynkligt jämmer bröt ut från korgen med barnen. Mumma stirrade som förhäxad. Vad var det?

"Eeee …"

Herregud! Kunde det vara sant? Ett livstecken från barnen! Hon reste sig så hastigt från pallen, att den for omkull, och gick bort till korgen.

Ett par blå ögon mötte henne. Hjärtat rusade likt en skenande häst. Varsamt lyfte Mumma det lilla knytet. "Vilken tur att jag tänkte på att bädda in dig i en filt, annars hade du varit kall nu", sa hon ömt.

Häpet såg Mumma att även den andra flickan började vifta med händerna. Mumma tog den ena av flickans händer och höll den försiktigt. Flickan gnydde svagt. Men gud …vilken lättnad. Tänk att de hade överlevt. Hur hade hon kunnat ta så fel? Hon drog fram pallen till korgen och satte sig med flickan i famnen. Det var bestämt nummer ett. Det hade hon förmodligen inte kunnat se om det inte varit för den lilla prydliga navelsträngsstumpen. När nummer två kommit ut, hade hon inte riktigt hunnit med, så den hade blivit lite väl lång. Flickans ögon studerade henne lugnt. "Så vacker du är, likt din mor", sa Mumma och strök henne varligt över huvudet. Flickan blundade och somnade. Hon la henne i korgen och lyfte upp det andra barnet. Den lilla gnällde svagt. Mumma vaggade henne stilla och snart sov även hon.

4.

Sorgset vek Mats ner täcket från Magdas ansikte. Stackars liten. Hon som kämpade så hårt. Han tittade oroligt på Mumma. "Hur mår du?"

"Det är väldigt tragiskt och orättvist. Men tänk att flickorna överlevde trots allt … Jag trodde inte mina öron när jag hörde det svaga jämret och än mer förvånad blev jag när jag såg nummer två fäkta med armarna."

"Ja, det är ju underbart förstås … men vad gör vi nu?

Mumma mötte hans blick och suckade. "Ja, jag vet inte på någon råd. Men jag skulle önska att hon kunde få komma i vigd jord. Hemska tanke om hon inte skulle komma till ro."

Mats nickade och lämnade stugan utan ett ord. Vad skulle han göra, hur kunde han ställa allt tillrätta? Det var trots allt han som hade bett henne om hjälp. Han tittade ut över det fridfulla vattnet. Inte ett spår av nattens dramatiska händelse. Till och med båten som hade legat för ankar var borta. På avstånd hördes en fiskebåts lugna dunkande motorljud. Troligtvis från Botvaldevik. Vad hade hänt om hon flutit i land där? Naturligtvis hade fiskarna kontaktat polisen. Pulsen steg för varje tanke som nästlade sig in i hans hjärna. Det kunde vara en möjlighet … om han tog henne dit. Han dunkade handen i ett träd och vände tillbaka mot stugan med beslutsamma steg.

Mats ställde sig i dörröppningen och sökte Mummas blick. ”Kan du komma ut en liten stund?”

Mumma tittade förvånat på honom och nickade.

”Det känns så ovärdigt att prata om Magda i hennes närhet, men jag har en idé”, sa han och satte sig på bänken under fönstret. ”Vi eller snarare jag, skulle kunna ta henne till Botvaldevik.”

Mumma tittade på honom med stora ögon och ruskade på sig.

”När de hittar henne kommer de att tillkalla polis … eller hur? Ingen vet vem hon är. Ja, vad ska de göra? De måste begrava henne någonstans … och skulle männen från båten återvända, då kommer de aldrig att hitta barnen.”

”Ja, det var det viktigaste för Magda, barnet eller barnen. Men klarar du av det? Jag vill inte att du ska hamna i trubbel.”

Mats nickade. Han ville inte att hon skulle oroa sig. Men visst var han orolig. ”Men du kan inte ha Magda i stugan. Var kan vi lägga henne så länge?”

Mumma grimaserade och svalde. ”Jordkällaren är tom för tillfället …”

”Då lägger vi henne där.” Mats reste sig och gick före in i stugan. ”Kan jag ta en pläd? Jag vill helst linda in henne i något.”

Hon räckte honom en filt.

”Öppnar du, så bär jag.”

Mats greppade den livlösa kroppen och lade henne tillrätta i filten. ”Förlåt”, viskade han.

Varligt bar han Magda i sin famn där han gick efter Mumma. De hade gjort vad de kunnat, nu var han skyldig att ställa allt tillrätta. Mumma skulle inte behöva oroa sig för att männen skulle komma hit och leta efter Magda.

”Jag hämtar henne ikväll, när allt är lugnt.”

Mumma låste källardörren och stoppade nyckeln i fickan. ”Ingen brukar komma hit, men för säkerhets skull.”

De gick sakta tillbaka till stugan.

"Det finns ett litet bekymmer till eller snarare rätt stort" sa Mumma och suckade. "Jag har ingen mat till barnen."

"Åh herregud … jag tänkte inte så långt", sa han generat. "Hur gör vi då?"

"Det är bråttom. Hör om någon har mjölk över."

"Det finns gott om kor …"

"Nej! Det måste vara från en kvinna med barn som har bröstmjölk till övers."

Det hettade till i kinderna av skam. "Du får ursäkta min dumhet. Jag ska genast åka iväg och höra mig för."

…

"Herregud, så små ni är." Hur i hela friden skulle hon klara det här? Vad hade hon gett sig in på? Måtte han få tag i mjölk. Utan den var det omöjligt. Hon hade glömt att säga till om flaskor och nappar, men det fick väl ordna sig på något sätt. Mumma slet ur det blodiga sänglinnet ur sängen och lade det i en balja med kallt vatten. Hade hon tur, skulle hon åtminstone kunna använda en del av lakanen.

Något glittrade till på mattan framför sängen. Åh nej … örhängena! Men vart tog det andra vägen? Hon böjde sig ner och spanade in under sängen. Längst in …

naturligtvis. Skam den som ger sig, tänkte hon och fick fatt i det med hjälp av sopborsten.

Det knackade på dörren.

Mumma reste sig på stumma ben och stapplade bort till dörren.

"Vem är det?"

"Mats."

Hon öppnade dörren och vinglade till.

"Men snälla nån … vad håller du på med?" sa Mats bestört.

"Äsch! Ingen fara! Jag råkade slänga några dyrgripar på golvet."

"Har du dyrgripar?"

"Nej, verkligen inte. Det här tillhörde Magda. Hon gav dem till mig."

"De ser dyrbara ut … guld och kan det vara diamanter?"

"Kan du förvara dem?" sa Mumma och ryckte på axlarna. "Det är arvegods från Magdas mormor som var ryska. Aldrig i livet att jag skulle behålla dem. Vad ska en gammal gumma som jag med sådan grannlåt till? Det tillhör flickorna."

Mats nickade och lindade in dem i en näsduk. "Jag har mjölkersättning med mig. Stina Sundgren hämtade den. Det skulle säkert bli en del frågor om jag skulle ha gjort det. Fick även med flaskor och nappar samt lite annat som hon plockade ihop. Jag blev tvungen att berätta för henne, men jag vet att hon håller tyst."

Han gick ut till cykeln och kom in med två stora kassar.

"Nämen, oj vad bra", sa Mumma tacksamt när hon såg på babykläderna och traven med tygblöjor.   "Tänk … det hade jag totalt glömt. Hur ska det gå? Ja, nu ordnar det sig för stunden i alla fall."

De såg på flickorna som sov i korgen.

"Tack och lov att de klarade sig", sa Mats

Mumma nickade "Då för du bort henne i natt?" sa hon och räckte honom nyckeln.

"Jag har inget annat val. Hon kan inte vara kvar här. Allt kommer att ordna sig, oroa dig inte", sa Mats och klappade Mumma på armen. Han gick ut och stängde dörren tyst efter sig.

Mumma plockade ur kassarna. Mjölkersättning … hur ska det blandas till tro? Hon spände blicken och rynkade ögonbrynen för att kunna tyda den minimala texten på burken.

Hur mycket skulle hon blanda till? Det var nog bäst att börja med små portioner.

…

Allt hade gått betydligt lättare än vad hon hade räknat med och nu låg barnen där mätta och belåtna.

"Ni är inte speciellt lika för att vara tvillingar. Den ena ljus och den andra mörk, men sådant kunde ändra sig med tiden. Det känns lite märkligt att ge er namn, men något måste jag kalla er för. Du får heta Tuttu och du får heta Lullu. Ja, så får det bli … Tuttu för den ljusa och Lullu för den mörka."

Tankarna gick till folket i socknen. De hade alltid behandlat henne väl även om hon valt att leva som en eremit här ute på Hammarudden. Men Mumma hade lovat Magda att skydda barnen. Hon skulle berätta så småningom men inte än. Det fanns en risk att männen kunde komma tillbaka

Mumma mindes det som om det vore igår när hon kom som flykting från Estland på fyrtiotalet. Hennes man blev dödad av kommunisterna. En grannfru och hon själv lyckades komma med på en flyktbåt. Det tog många dagar att ta sig till Gotland och hon hade varit så sjösjuk.

Borde hon lita på gotlänningarna? Ja, kanske sockenborna, men myndigheterna var hon ytterst

tveksam inför. Mumma mindes baltutlämningen. Skulle
Sovjet velat få henne utlämnad på grund av vad hennes
make gjort, skulle inte de svenska myndigheterna tveka en
sekund. Darrande satte hon sig ner. Nej, det var bäst att
hålla sig så långt som möjligt från myndigheter och polis.

Polisen kanske till och med skulle anklaga henne för dråp.
Herregud … vilken röra hon hade hamnat i.

5.

Mats öppnade dörren till jordkällaren. En unken lukt
blandad med jord och rutten frukt mötte honom. En sval
vind letade sig in under skjortan och gav honom en
obehaglig rysning. Det hade inte varit något problem att
gå ner i källaren tidigare idag men nu smög ångestens
hand sig allt närmare och skruvade upp hjärtats slag. Den
blöta kvinnan han burit för litet över ett dygn sedan var
förvandlad till ett lik, en död människa.

Visst hade han sett en död förut. Men det hade varit en
helt annan sak. Morbror Jonas hade legat fridfull i en säng
med händerna knäppta över bröstet. Dessutom hade
Mats haft tryggheten av mammas hand.

Sakta närmade sig Mats bänken där Magda låg. Vilken tur
att ljuset utifrån åtminstone gav honom ledsyn. Tvekande

lade han handen på kroppen. Så hemskt! Han önskade att detta gruvliga redan var utfört, så han kunde få åka hem.

Försiktigt lyfte han henne. Hon var kall och stel, han rös till. Det var mycket svårare att bära en död människa än han trott. Mats flyttade kroppen fram och tillbaka för att hitta ett stadigt grepp. På skakiga ben gick han upp för trappan. Tafatt försökte han puffa igen dörren med foten, men lät den vara då den inte gick igen.

Mats kastade en blick upp mot Mummas hus. Det var mörkt. Hjärtat slog så pulsen vibrerade i öronen, han hörde inte stegen där han skyndade längs stigen. Måtte han inte trampa fel. Det fanns en hel del ovanpåliggande rötter att fastna i. Lättad stannade han intill ekan och tog ett djupt andetag. Vandringen hade tagit enormt på krafterna. Försiktigt placerade han henne i fören med ryggen vänd mot honom. Han visste inte vad som var värst, låta lakanet dölja hennes huvud eller inte. Förlåt, förlåt, förlåt.

…

Mats satte sig i båten och tog några årtag. Tack och lov för de ljusa nätterna men varför skulle det blåsa upp just nu? Hade det inte varit för Magda hade han rott längre ut, där han inte riskerade att gå på grund. Men då ökade faran att någon fick syn på honom. Det rasslade till mellan stenarna på stranden. Hjärtat slog ett extraslag.

Förbaskat! Nu fick han ta och skärpa sig. Han kunde inte låta varje litet djur skrämma slag på honom.

Mats skymtade bryggan vid Botvaldevik. Var skulle han lägga henne? Bland stenarna? Hon fick inte driva iväg. Vågorna blev allt intensivare och ville driva honom ut från land. I vanliga fall skulle han aldrig letat sig in på osäker botten. Han rodde försiktigt mot stenarna vid strandkanten och lyssnade efter missljud från underlaget.

En dov duns hördes och båten krängde oroväckande. Nej, nej, nej …. Magdas kropp rullade fram och tillbaka i båten. Det här gick inte. Han var tvungen att ro ut mot bryggan. Med skakiga armar närmade han sig bryggan. Nervöst kastade han en blick upp mot fiskebodarna. Allt verkade lugnt. Med båda händerna i ett stadigt tag om bryggans ändträ drog han sig runt till bryggans långsida. Det här kunde vara hans enda chans.

Mats kastade tampen runt stolpen och gjorde en knop. Tack och lov! Nu kunde han fokusera på kroppen. Med darrande händer lossade han nattlinnets snöre runt den ena handleden och gjorde en ögla. Så där ja. Han såg sig hastigt omkring och trevade med handen under bryggan. Perfekt! En krokig spik. Det dåliga samvetet piskade hans kropp medan han drog henne upp på relingens kant. Båten gungade oroväckande och slog mot bryggans kant. Motvilligt lyfte han hennes arm och krokade fast henne runt den böjda spiken. *Må gud förlåta mig! De kommer att hitta dig inom kort. Du ska inte behöva ligga här länge.* Mats lossade filten från kvinnan och sänkte henne i det guppande vattnet, med ansiktet vänt mot skyn. Han hoppades innerligt att den tragiska synen inte skulle etsa sig fast i huvudet. Snabbt lossade han tampen och tog några årtag bort från bryggan.

"Va fan! Skulle inte broder Jacob vänta här på oss?"

Rösten fick Mats att vända sig om i all hast. Vad gjorde de här? Mats kände igen de båda männen. Två fiskare från trakten, Dunken och Bäret.

De brukade väl inte gå ut så här dags?

Snabbt tog han sig tillbaka till änden av bryggan och kröp ihop. Han höll sig fast i ett krampaktigt grepp. Fick de syn på honom, hade allt varit förgäves. Hur skulle han kunna förklara Magda? Försiktigt kikade han över kanten.

"Tog du bara med dig en dunk dricke?" sa Bäret.

"Det var den sista."

"Nej du! Det ska finnas åtminstone fem dunkar till. Va fan! Har du druckit upp de andra?" hojtade Bäret argt.

"Käften! Du vet ingenting. Var är Jacke?"

"Vet i fan! Har du supit upp all dricke?"

”Tig! Jag ställer den här på kajen så länge. Ska se om det lyser hemma hos honom.”

”Va fan … Dålig stil.” Bäret måttade en spark mot Dunken, men råkade av misstag få ner behållaren med den grumliga vätskan i sjön.

”Är du dum eller?! Nu har vi ingenting.” Dunken hytte med näven.

”Jag tar upp den!” sa Bäret och kavlade upp ärmarna.

”Skit samma! Korken var inte på.”

Mats drog en suck av lättnad när han såg männen försvinna allt längre bort från piren. Tack och lov! Bäst att skynda härifrån. Han såg som hastigast bort mot stället där han bundit fast Magda. Hon var ännu kvar. Snart skulle solen gå upp och Mats kunde bara hoppas att han inte hade lämnat några spår.

…

Lättnaden var enorm när han klev i land vid Hammarudden. Det tidiga ljusflödet lyste upp stigen framför hans fötter. Det var mörkt i Mummas stuga och han tänkte inte väcka henne. Han knuffade igen dörren till jordkällaren och lämnade nyckeln i låset. Äntligen kunde han få cykla hem, trodde han. Men benen lydde inte. De skakade som en ojämn motor. Det blev till att gå med cykeln som stöd.

Mats försökte låta bli att tänka på Magda men det var svårt. Vad skulle hända härnäst? Det hade tagit betydligt längre tid att ta sig hem än han hade hoppats på. Fåglarna hade redan vaknat och kvittrade muntert. Han kom upp på stora vägen och svalde hårt när han fick syn på polisbilen. Hade de hittat henne redan? Bilen svängde ner mot Botvaldevik. Ja, så var det nog. Lättad fortsatte han hem

6.

Mumma vandrade nervöst fram och tillbaka i stugan. Det var lite över två månader sedan flickorna kom till världen och idag tänkte hon besöka Magdas grav på kyrkogården i Gothem. Den hade äntligen blivit färdig.

Spekulationerna om dem okända kvinnan hade varit många och polisen hade gjort en noggrann utredning men inte funnit något svar. Tack vare Mats hade hon fått veta vad som gjordes och sades. Gud så orolig hon hade varit när hon hört att polisen hade frågat runt i bygden. Men ingen polis hade kommit till henne för att ställa frågor. Lättnaden hade varit stor när hon hörde att utredningen lagts ner.

Mumma älskade flickorna som om de var hennes egna och hon ville dem det bästa här i världen. Tyvärr visste hon att lyckan skulle bli kortvarig. En dag skulle de små lämna henne. Mats hade många kontakter och han hade lovat att hitta det bästa hemmet för dem. Men inte än … hon ville så gärna få rå om dem ett tag till.

Borde han inte vara här nu, tänkte hon och såg på flickorna som sov så gott i var sin korg intill hennes säng. Hon tittade ut genom fönstret och såg honom komma gående längs stigen. Hon öppnade dörren och vinkade.

Mats lyfte på skärmmössan och gjorde en elegant hälsning. Han hade verkligen växt till sig, blivit axelbred och lång. En stilig man. När hade det hänt? För henne hade Mats med den rågblonda kalufsen alltid varit den där lilla pojken som gärna velat krypa upp i famnen och lyssna på sagor. Det var han som gav henne namnet Mumma när hon hjälpte till vid Hägleifs och även om hon inte var hans mormor på riktigt så var han ändå hennes barnbarn i hjärtat.

"Är ni redo för ett besök på kyrkogården?"

Han stod där på tröskeln, lutade sig avslappnat mot dörrposten tuggande på ett grässtrå.

"Vi?"

"Ja … inte kan vi väl lämna barnen ensamma hemma? Det kommer att ta en stund."

"Men … hur?"

"Jag har bäddat bak i bubblan. De kommer inte att synas utifrån. Dessutom kommer de att ligga som små prinsessor. Jag har verkligen ansträngt mig."

"De är inte vana vid motorljud. De kommer att bli rädda …", protesterade Mumma.

Hon såg hans besvikna min och gav efter. "Fast … vi kan ju försöka."

…

Solen värmde gott på ryggen där Mumma gick bakom Mats längs stigen. Han hade propsat på att få bära flickorna och hon hade tacksamt tagit emot hjälpen. Värken i knät hade blivit värre, vilket hon helst lät bli att tänka på. Men det var svårt eftersom smärtan ständigt påminde henne.

Hon skrattade nervöst när hon skymtade den gråa bilen mellan träden.

"De kommer att gråta …"

Mats vände sig om, gav henne ett snabbt ögonkast, log och hyssjade. Han räckte över korgen med Lullu. Ljudlöst öppnade han dörren och fällde fram ryggstödet.

"Se så fint", viskade han och pekade på en färggrann filt. Försiktigt placerade han korgen på sätet.

Mumma nickade gillande och räckte över Lullu.

"Vi gör ett försök. Blir de rädda, måste vi avbryta."

Mumma satte sig tillrätta i framsätet bredvid Mats. Nervöst vände hon sig om med blicken fäst på korgarna när han startade bilen. Tuttu öppnade ögonen och mötte lugnt Mummas blick. Hon blinkade till och blundade igen.

Mats svängde in vid kyrkan och parkerade en bit från ingången under ett stort träd. Mumma mötte leende hans blick.

"Det gick visst över förväntan. De sover gott de små liven", sa hon glatt.

Mats nickade och vevade ner bilrutorna en aning.

"De verkade till och med tycka om det. Nu går vi en snabb tur in på kyrkogården, medan det ännu är skugga här vid bilen."

Kyrkogården låg öde i solgasset. Det var längesedan hon hade varit där. Även om någon skulle få syn på dem skulle ingen ifrågasätta varför de besökte en okänd kvinnas grav för nyfikenheten och medkänslan om henne hade varit enorm. Så stor att bygden till och med hade beslutat sig för att göra en insamling till en gravsten.

"Hon ligger där borta i hörnet på skuggsidan", viskade Mats och pekade.

Hjärtat bultade hårt. Mumma såg på det vackert inristade korset på stenen och läste tyst texten inunder.

Från havet hon kom. Må denna okända kvinna vila i frid.

Någon hade planterat en ros framför stenen och satt en vas med vildblomster intill.

”Stackars Magda … en mor som aldrig fick lära känna sina barn”, sa Mumma och torkade bort en tår.

”Det är sorgligt, men både du och jag fanns där. Hon var åtminstone inte ensam…”, sa Mats och la armen beskyddande om hennes axlar.

Hon sträckte tveksamt ut handen och lade den på stenen och nickade vördnadsfullt.

”Jag lovar dig Magda, att vi ska göra allt som står i vår makt för att ta hand om dina barn.”

”Nu går vi tillbaka till bilen”, sa Mats.

Mumma torkade ytterligare bort en tår och log mot honom. ”Jag är så tacksam över att ha dig.”

”Detsamma säger jag till dig. Du har alltid funnits där för mig”, viskade han och tryckte henne mot sig.

7

Gräset var frostvitt och träden kala. Det enda gröna som återstod var de segt starka enbuskarna och barrträden. Det var i slutet av oktober och kölden hade nog kommit för att stanna denna gång.

Det frasade i det frusna gräset när Mumma gick över gården till jordkällaren. Försiktigt satte hon foten på trappsteget. Lite halt var det allt. Skulle hon halka och inte komma upp, kunde hon få ligga länge. Motsträvigt knarrande gav källardörren efter när hon drog i den. Hon måste be Mats se över den.

Med korgen hängande över armen fyllde hon den med potatis, morötter och äpplen. Flickorna hade fått prova lite smått och gott och det hade gått över förväntan. Men vällingflaskan var den bästa enligt dem. Mumma knuffade noggrant igen dörren till källaren. Att bli bestulen på sin mat, ville hon aldrig uppleva igen. Kanske var det fel att säga bestulen? Djuren, vilka de nu än var, ville naturligtvis också överleva.

Det knastrade behagligt från brinnande ved i spisen när hon kom in i köket. Hon huttrade till och ställde korgen med mat på köksbordet. Fy, sjutton så kall hon blev om fötterna. Mumma föste pallen mot spisen, öppnade luckan på glänt och la upp benen. Fötterna blev fort varma och hon slappnade av. Tacksam skänkte hon Mats en tanke. Med all den ved han försett henne med behövde hon inte snåla.

Tuttu satte sig upp i korgen.

"Är du redan vaken?" sa Mumma och reste sig stelt från stolen. Flickan sträckte upp sina händer för att bli upplyft. "Är det dags för lite välling?" Tuttu såg på henne, gav ifrån sig ett gurglande läte och log ett soligt leende. "Ser man på! Den lilla tandsingenen har äntligen brutit igenom."

Medan vällingen värmdes i kastrullen på spisen ställde Mumma fram de rengjorda flaskorna på bänken. Det skulle ha varit bra med ett par flaskor till … fast vid närmare eftertanke. Bryskt blev hon påmind om Mats senaste besök. Var det idag de skulle komma? Efter en snabb titt i almanackan kröp den otäcka sanningen allt längre in i medvetandet och gav henne ett bett.

Hon tog kastrullen från spisen och fyllde flaskorna till brädden. Det skulle visst komma ett barnlöst par hit på besök. Eventuellt skulle de ta med sig flickorna på en gång. Mats hade varit noga med att barnen inte skulle behöva skiljas från varandra och därför hade det tagit lång tid att hitta en adoptivfamilj.

Sorgset betraktade hon Tuttu. Kära nån! Hur skulle hon klara av det här? Lullu reste sig upp på armarna och såg storögt på sin syster medan hon utstötte ett gurglande ljud.

Med en flaska i var hand räckte Mumma fram dem mot flickorna, som girigt slet åt sig flaskorna. Tänk om det var sista gången hon satt så här med dem? I samma stund kom ilskan över den egoistiska tanken. Det viktigaste var att det ordnade sig för barnen och naturligtvis skulle hon överleva detta.

Tankarna vandrade fram och tillbaka hela dagen. Men hur hon än vände och vred på allt så fick hon alltid samma svar. Hon skulle inte orka ta hand om dem i längden. Inte heller hade hon råd, hennes pension var i minsta laget. Dessutom behövde de en mor och far. Ja, barnen skulle få det bättre hos en familj som hade möjlighet att ta hand om dem.

Det knackade på dörren.

Hon öppnade och möttes av Mats stela ansikte.

   ”Godkväll! Jag har med mig familjen Dahlqvist. Kan vi stiga in?”

Mumma nickade stelt och backade ett par steg. Generad torkade hon händerna på förklädet och tog mannen i hand. Herr Dahlkvist log stelt och släppte hastigt hennes hand när en kvinna pressade sig förbi och ställde sig intill mannen. Kvinnan som Mumma antog var fru Dahlkvist bevärdigade inte Mumma med en blick. Det kändes som hjärtat skulle brista när paret gick fram till barnen för att titta. Kvinnan vände sig mot mannen, sa något tyst och ruskade på huvudet. Mannen ryckte på axlarna.

Mumma såg frågande på Mats.

Kvinnan gick fram och tillbaka i stugan medan hon irriterad drog i sitt långa pärlhalsband. Mats gick fram till mannen. ”Är det något fel?” Mannen vände sig bort och pratade lågmält med Mats.

Frågande mötte Mumma Mats obekväma blick när han kom fram till henne.

”Är det något fel?” sa Mumma oroligt.

”Tydligen hade min farbror lämnat fel information”, sa Mats och tittade bort mot paret som stod tillsammans vid barnen.

”Vad menar du? Fel information?”

”De hade fått för sig att de var enäggstvillingar.”

”Vad har det för betydelse?” utbrast Mumma.

”Tuttu är ljus. Alla deras i släkten är mörka. Ingen skulle få reda på att de var adopterade. Lite misstänkt om en är ljus …”

Mannen vände sig om mot dem och nickade. ”Vi kan ta med den mörkhåriga flickan.”

Gråten stockade sig i halsen. ”Men det går inte. Inte kan vi väl sära på …”

Mats lade lugnande handen på hennes arm. ”Det får bli så. Vi hittar någon till den andra flickan också.”

Mumma lämnade stugan utan ett ord. Det gjorde så ont. Tårarna brände bakom ögonlocken men aldrig i livet hon ville visa dem det. Visst förstod hon att adoptionen var ett måste för barnens bästa. Men att sära på dem. Hon hörde Mats steg närma sig.

”Är du besviken på mig?” sa Mats med dämpad röst.

”Inte på dig. Du har gjort vad du kunnat, men det är bara så sorgligt och orättvist...”

”De är redo att åka. Vill du säga något innan de far? Säga hejdå till Lullu kanske?”

Hon plockade fram en näsduk ur förklädet och torkade ögonen. Tog hon inte farväl av flickan, skulle hon ångra det för alltid.

De gick tillsammans tillbaka in i stugan. Genast fick hon syn på Lullu i kvinnans famn. Med darrande hand strök hon flickan över kinden.

"Jag kommer att sakna dig. Önskar dig all lycka i livet."
Orden stockade sig i halsen och hon blev tvungen att
vända sig om. "Gå … snälla … jag orkar inte mer."

Mats gav henne en hastig kram och lämnade stugan
tillsammans med paret.

8.

Mumma lade schalen över axlarna och gick ut. Tidiga
strålar från vårsolen värmde hennes kinder. Leende vände
hon ansiktet mot solen. Äntligen fanns det hopp om att
värmen var på väg. Snön som legat sen slutet av
december hade fläckvist smält bort och det gjorde stigen
till jordkällaren säkrare.

Med båda händerna i ett stadigt tag om räcket gick hon
trappan ner. Höften ömmade ännu efter fallet i förra
veckan. Hon hade ändå haft tur. Det kunde ha slutat
värre, tänk om benet gått av? Smått bekymrad trevade
hon på botten av lådan som innehöll potatis och rovor.
Det märktes att hon hade en mun till att mätta för
matförrådet var betydligt mindre än vad det varit samma
tid i fjol.

Hon stängde dörren noggrant efter sig och gick uppför
trappan med ena handen på ledstången. Förhoppningsvis

hade Tuttu inte vaknat än. Det hade blivit allt svårare att få något gjort när all tid gick åt till att passa flickan, men Mats farbror hade ännu inte lyckats hitta ett hem åt Tuttu.

När Mumma öppnade dörren till stugan såg hon till sin fasa hur Tuttu närmade sig den varma spisen.

   "Aj! Inte röra", ropade Mumma förskräckt.

Flickan ryckte till och tappade balansen. Hon började gråta hjärtskärande.

Trots sin ömmande höft böjde Mumma sig över flickan och lyfte henne från golvet. "Nej men lilla vän…"

Flickan sträckte sina händer runt Mummas hals och snyftade högt.

   "Får jag se på dig! Slog du dig någonstans?"

Det skar oroväckande i benet och hon blev tvungen att sätta sig ner. "Du verkar ha klarat dig bra."

Tuttu släppte taget om hennes hals och hasade skrattande ner längs Mummas knän. Det här skulle inte fungera länge till. Sen flickan började resa sig upp mot möblerna hade allt gått i en hissnande fart. Hur skulle hon kunna skydda flickan mot alla faror?

Mumma räckte henne en korg med färgglada stickade lappar som var tänkt att bli en filt så småningom. "Här har du att leka med!"

Flickan sken upp och satte sig med en duns på golvet. "Dapta!"

Förvånat såg Mumma på Tuttu. Hade flickan just sagt sitt första ord? Hon väntade spänt. Skulle hon säga det en gång till? Men Tuttu förblev tyst. Stackars barn. Måtte hon snart få komma till en kärleksfull familj som kunde tillgodose hennes behov.

…

Mumma satte sig trött på pallen framför spisen. Vilken dag! Så intensiv. Det hade inte varit en lugn stund tills övers, ändå hade hon inte fått något gjort. All tid hade gått åt till att hålla koll på barnet. Ett kraftigt hugg över hjärtat fick henne att flämta. Hon reste sig från pallen och stapplade ut. Frisk luft … hon måste få frisk luft. Försiktigt drog hon in några andetag av den klara kvällsluften. Tack och lov, det verkade inte bli några fler hugg. Lättad gick hon in. Bäst att gå till sängs, hon behövde nog bara få sova. Elden i spisen hade nästan brunnit ut, endast en tunn glödback låg kvar, så det skulle nog hinna svalna innan hon somnade.

Mumma böjde sig över Tuttu och gav henne en puss på kinden. "God natt lilla vän."

Flickan gav ifrån sig ett smackande ljud och flyttade sig närmare henne. Närheten av Tuttus kropp gjorde henne varm. Helt otroligt att man kunde få så starka känslor för någon. Förutom för Mats hade hon inte känt några varmare känslor sedan hennes man dog. När hennes älskade Markus blev brutalt mördad av kommunisterna dog något inom henne. Men nu kände hon hur det spirade inom henne tack vare flickan. Mumma log för sig själv. Så trött hon var, så innerligt trött. En sista rökpelare från elden och knastret från spisen dog ut och tystnade.

9.

Mats stannade bilen, lyfte lådan med proviant från passagerarsätet och klev ur. Han visste att Mummas förråd av mat började sina och tyvärr hade han inte funnit någon lösning för Tuttu. Så hon blev så illa tvungen att ta hand om flickan ett tag till. Det dåliga samvetet pockade på allt mer eftersom han inte hållit sitt löfte att ordna ett nytt hem till Tuttu. För tillfället kunde han bara se till att de hade alla förnödenheter de behövde.

Bekymrat kastade han en blick i lådan. Ja, äggen såg ut att ha klarat sig. Hönorna hade gett ifrån sig bra i år och det kändes extra bra att få ge av sin egen skörd. Solen värmde gott mot ansiktet. Temperaturen mellan dag och natt

skilde ännu mycket. I natt hade det bestämt varit
minusgrader.

Stugan skymtade mellan träden. Ingen rök? Flaskan med
rabarbersaft kluckade allt snabbare när Mats ökade farten.
Redan på håll kunde han se att något var fel. Gardinerna
var fördragna trots den sena förmiddagen.

Han ställde ifrån sig lådan bredvid trappan.

   ”Mumma!” Han knackade hårt på dörren. Med en
svärm fjärilar i magen tryckte han ner handtaget. Låst?
Efter en lätt knackning på fönstret besannade hans
farhågor då han hörde Tuttus gråt. En ilning av fruktan
for längs ryggraden.

   ”Mumma! Har du ramlat?!” Gardinen fladdrade till.
”Hallå! Är du där?”

Hastigt tog han upp en sten från marken och gick runt
stugan. Han måste ta sig in. Men det var för riskabelt att
slå ut rutan intill sängen. Förhoppningsvis befann de sig
inte vid köksbordet. Mats skräckslagna ansikte återgavs i
glasrutan då han höjde stenen för att slå ut rutan.
Glassplitter ramlade ner på golvet medan han snabbt
rensade rutan från alla vassa kanter. Tuttas gråt tystnade.
Haspen hakades av och gardinen föstes åt sidan. En frän
lukt av urin och avföring nådde honom. Han såg med
fasa hur det lilla barnet desperat tryckte sig intill Mumma,
en syn som förmodligen skulle förfölja honom för evigt.

"Herregud … Mumma. …" viskade Mats med gråten i halsen.

Flickan hulkade och pekade på Mumma.

Mats klev in genom fönstret och rös när kylan slog emot honom. Hastigt närmade han sig sängen. Tuttu sträckte sina armar mot honom. Vad i hela friden skulle han göra nu? Det fanns ingen tvekan om att Mumma var död. Hon låg på sidan som hon alltid brukade göra, men hennes ansikte hade ändrat form och hängde slappt ner mot axeln. Mats såg sorgset på Tuttu och lyfte ner henne på golvet.

"Stackars liten. Vi måste hitta några andra kläder. Du är dyngsur." Han öppnade en byrålåda och hittade Tuttus kläder, prydligt vikta i en hög.

…

Mats pustade ut. Äntligen satt blöjan och kläderna på plats. Han mindes hur lekande lätt Mumma bytt på barnen och såg sorgset på henne. Tuttu låg framför honom vid sängens fotända och skrattade. Det hade varit en pärs att tvätta och klä henne. Det knastrade gott från spisen och värmen spred sig sakta i stugan. Stackars liten. Så kallt det måste ha varit i natt.

Tuttu kröp upp till Mumma och satte sig intill henne. Mats stelnade till. Borde han ta bort henne därifrån?

Risken fanns att tösen blev ledsen om han gjorde det och spelade det egentligen någon roll? Mumma var borta. Han hämtade vällingpulvret och läste på kartongen. Det här skulle nog inte vara något problem, bara att värma.

…

Tuttu kröp snällt upp i hans famn och greppade flaskan. Klumpigt satte han sig tillrätta på pallen. Flickan huttrade till. Han strök över hennes hand.

"Så kall du är! Fryser du?" Hon tittade på honom med stora ögon. Han slet åt sig tröjan, vilken han en gång tidigare lånat ut till Magda och virade den runt barnet. Girigt sög Tuttu på nappen, medan hennes ögon sakta gled igen.

Vad skulle han ta sig till med flickan? Den enda hon hade, var honom. Borde han berätta för någon? Men tanken på att återge vad han gjort med Magda tog emot. Tänk om han hamnade i fängelse? I vilket fall som helst var han tvungen att ta Tuttu med sig.

Nappflaskan for till golvet med en smäll. Han ryckte till. Redan slut? Mats tittade ner på flickan som sov lugnt. Han skulle kunna… Tanken snurrade allt fortare. Det var faktiskt ingen dum idé.

Medan Tuttu sov gott på sängen hämtade han en säck. Med den genialiska planen i huvudet plockade han ihop

alla spår av småbarn. Det gällde att sköta allt rätt. När han
var klar stannade han upp för ett ögonblick och la sin
hand på Mummas panna.

”Jag kommer tillbaka snart”, viskade han, tog korgen
med barnet och säcken för att sedan tyst lämna stugan.

Mats öppnade bildörren och ställde in korgen med den
sovande flickan och säcken med alla barnsaker i baksätet.
Han satte sig vid ratten och startade bilen. Vilken väg
skulle han ta? Solen stod högt på himlen och genom
bilrutan värmde den hans händer som blivit stela av
nervositet. Det var skönt. Han blev nog tvungen att
parkera vid kyrkan, det skulle verka misstänkt om någon
såg honom på baksidan av den stora ladan vid
prästgården.

Lättad såg han att parkeringsplatsen vid kyrkan var tom
och stannade intill porten. Mats klev ur bilen och tittade
nervöst in på kyrkogården. Ingen där. Det fanns ingen tid
för tvekan. Nu eller aldrig. Han trevade efter den
hopvikta lappen i fickan och kände till sin lättnad att den
låg kvar. Varligt lyfte han ur korgen med flickan från
baksätet. Tack och lov, hon sov fortfarande. Vad skulle
han göra om hon vaknade och började gråta?

I porten till kyrkogården mötte honom en vind som
svalkade hans varma kinder. Mats skyndade på stegen och
höll sig intill häcken. Hade han tur så gick det att ta sig
över till prästgårdens trapp utan att bli upptäckt. Med en

viss tvekan lämnade han kyrkogården och gick in i porten vid baksidan av kyrkan. Han stod stilla och lyssnade. Det var riskfyllt, han kunde bli sedd från ett fönster. Men om han hukande följde häcken? Ja, det var nog det bästa alternativet även om det blev en omväg.

Det värkte i rygg och nacke av ansträngning, men nu stod han äntligen vid gavelsidan av prästgården. Andetagen väste likt en blåsbälg. Gud så nervös han var. Blev han påkommen skulle han rasa ihop i rena förskräckelsen. Ett jämmer från korgen fick honom att hoppa högt. Nej, inte nu! Han blev tvungen att handla snabbt.

Gruset under hans skor rasslade för varje steg och svett rann från nacken längs ryggen. Mats rusade uppför trappan så att korgen med barnet gungade vilt. Han vågade inte se upp mot huset, rädd för vad som skulle möta honom.

Ner med korgen på trappavsatsen och en snabb smekning på Tuttus kind.

”Det kommer att bli bra”, viskade han. Lappen? Snabbt halade han upp den ur fickan och lade den i korgen.

Mats bankade hårt på dörren. Därefter hoppade han kvickt ner på sidan av trappan och skyndade tillbaka till gaveln. Han lutade huvudet mot väggen och drog efter andan. Måtte det gå vägen. Tänk om de inte var hemma eller inte hörde bankningen? Det kändes som en evighet innan det hördes röster från trappan.

Försiktigt kikade han fram. Hilda Jansson, prästgårdens hembiträde, tog tag i lappen och vecklade upp den. Hon stod stilla och tittade än på Tuttu, än på lappen. Det högg till i hjärtat av dåligt samvete när Hilda böjde sig ner och lyfte flickan till sin famn, för att sedan försvinna in i huset.

Mats andades ut. Men lättnaden blev kortvarig för prästen dök upp i dörren.

"Vad menar du? Har någon lämnat ett barn, här?" utbrast pastorn med skärrad röst. Han lyfte på korgen, skyndade nerför trappan och såg sig omkring. "Det kan väl inte vara möjligt. Vem gör något sådant?"

Hjärtat bultade hårt. *Det här var inte bra, gå in med dig.* Mats drog sig närmare väggen. Till hans räddning ropade Hilda inifrån huset. Pastorn försvann in och dörren stängdes. Mats andades ut.

En hastig blick runt knuten. Sedan sprang Mats för allt vad tygen höll mot kyrkogården. Flämtande stannade han inne i porten. Tankarna snurrade i huvudet. Hade han lyckats eller hade han blivit upptäckt? Mats lyssnade efter röster, men det enda han hörde var vindens sus. Försiktigt tittade han fram vid portöppningen mot prästgården. Allt verkade lugnt. Det gnisslade till i kyrkogårdens grind. Attan! Någon var på väg in. Det fanns inget annat val. Han blev tvungen att ta en lugn promenad bland gravstenarna för att sedan gå till bilen och åka vidare till prästgården.

10.

Sakta körde Mats in på grusplanen framför prästgården och parkerade. I backspegeln mötte honom en skärrad blick och ett rödflammigt ansikte. Det gick inte an, sådär kunde han inte se ut. Han tog några djupa andetag och klev ur bilen. På darriga ben gick han uppför trappan som han för en liten stund sedan hade hoppat ifrån. Mats lyfte på dörrklappen och knackade. Dörren öppnades hastigt.

Pastor Markus Ljunggren såg förvånat på honom och nickade.

”Ja? Mats Lundgren!”

”Jag behöver hjälp. Mirjam Järvi har dött. Hittade henne i sin säng. Vet inte hur jag ska gå till väga”, hasplade han fram utan att andas.

”Det var tråkigt att höra. Har du haft dit en läkare?”

Hembiträdet dök upp i dörröppningen med en ledsen Tuttu i famn. ”Har Mirjam dött?” sa Hilda bestört.

56

Mats försök att undvika Tuttus blick gick om intet när hon sträckte sina händer mot honom och undslapp ett glatt gurglande.

"Ja, jag hittade henne för en stund sedan. Den första jag kom att tänka på var pastorn."

Markus nickade. "Jag förstår! Mats kan slappna av. Vill du komma in och vänta medan jag tar kontakt med doktor Viking?"

Hilda vände sig om gick iväg med flickan som började gråta allt högre. Det gjorde fruktansvärt ont.

"Tack, men jag väntar ute i bilen."

Pastorn nickade och stängde dörren. Mats tog ett djupt andetag och gick tillbaka till bilen. Trots att allt hade gått enligt planen och flickan var i säkerhet var det tungt. Hur kunde han överge lilla Tuttu? Men vad annat kunde han ha gjort? Mats torkade bort en tår ur ögonvrån och öppnade bildörren.

Efter en lång stund kom pastorn ut från prästgården. Han rättade till prästkragen medan han gick mot bilen. Det mörka håret var rufsigt, inte stramt bakåtkammat som det brukade och han såg betydligt yngre ut än vanligt. Markus öppnade bildörren och tittade på Mats.

”Fick du tag i doktorn?” sa Mats nervöst. Hur skulle han klara av att hålla masken om prästen sa något om Tuttu?

Markus nickade och gjorde en gest åt sin bil. ”Kan jag åka med dig? Min har fått punktering.”

Mats kastade en blick mot baksätet. Säcken med barnsaker låg som tur var i bagageutrymmet.

”Det går väl … bra”, svarade han.

”Kan vi ta vägen förbi Jusarve för att hämta upp doktor Viking?”

”Det går bra”, sa Mats och startade bilen.

Prästen öppnade dörren, fällde sätet och klev in i baksätet.

Helst ville Mats slippa att åka ut till Hammarudden igen, men han hade lovat Mumma att komma tillbaka. Var hon verkligen död? Det kändes så konstigt. Hon hade alltid funnits där. Det kanske var det bästa att han fick se henne igen. Dessutom, vad skulle prästen och doktorn tänka om honom om han vägrade köra dem? Med tungt hjärta körde han iväg.

Pastorn lade handen på hans axel. ”Jag beklagar verkligen. Vad jag har förstått, har du tillbringat mycket tid på Hammarudden hos Mirjam Järvi.”

Sorgen vällde över. Mats fick med ens en ömmande
klump i halsen som gjorde det svårt att svälja.

"Mumma … eller Mirjam har varit som en mormor för
mig", sa han grötigt och torkade bort en tår.

Markus klappade honom några gånger på axeln. "Nu
missade vi infarten till doktorn", sa han med mild röst.

Mats bromsade och svängde in på gården där Elin bodde.
"Jag får vända."

En ilning av spänning for genom kroppen när han fick
syn på Elin.

"Ser man på! Där har vi bestämt fröken Elin som
hänger tvätt!" sa pastorn och vinkade.

Det hettade till i kinderna. Herregud, hon blev bara
snyggare för var gång han såg henne.

Hon vände sig om och vinkade förvånat. Det tidigare
korta håret hade växt ut och hängde blont och böljande
ner på ryggen. Mats drog på munnen. Något som inte
hade förändrats var hennes klädstil. Stora, löst hängande
skjortor och vida byxor, vilka hon drog åt i midjan med
ett skärp. Det var hennes melodi. Han vinkade glatt och
körde upp på vägen igen.

Viking Pärsson stod redan och väntade på dem när Mats
kom fram till Jusarve. Doktorn såg mer härjad ut än

vanligt. Mats stannade intill honom och pekade på passagerarsidan. Viking gick runt till andra sidan och öppnade dörren.

"Så snällt av er att hämta mig. Det blev lite sent igår på festen hos Karlssons."

En odör av cigarr och gammal fylla spred sig i bilen.

"Ingen fara! Vi behöver doktorn", sa pastorn från baksätet.

Mats vevade ner rutan en aning och körde mot Hammarudden.

Bedrövad parkerade han bilen. Mörka moln tornade upp sig, där de gick tysta genom skogen. Stigen kändes annorlunda. En bit av hans trygghet hade ryckts bort. Han var vuxen och kunde mycket väl stå på egna ben, men det hade alltid varit han och Mumma. Visst, han var lyckligt lottad med snälla och strävsamma föräldrar. Men de hade alltid satt gården först. De hade aldrig haft tid med honom. Gaveln på stugan blev synlig och sorgen över förlusten blev allt tyngre. Aldrig mer skulle han gå vägen hit för att träffa henne.

Doktor Viking pekade på det trasiga fönstret. "Vad har hänt här då?"

Mats slog ut handen i en urskuldande gest. "Jag blev tvungen att krossa det."

Doktorn nickade. ”Jag förstår.”

Mats lyfte på mattan, tog upp nyckeln, satte den i låset och vred om. Han öppnade dörren på vid gavel och lät de andra gå in.

Pastorn gav honom en medlidsam blick. ”Vill Mats vänta här?”

Efter en kort tvekan bestämde han sig för att gå med in. Förfärad såg han en napp till flaskan ligga på golvet intill spisen.

Doktorn kände på spisen. ”Den är ljummen?” sa han förvånat.

Mats harklade sig och puttade diskret in nappen under vedlådan med tån. ”Det var jag som eldade. Låter konstigt, men jag ville inte lämna henne i kylan …”

Prästen lade handen på Mats axel. ”Käre vän! Inget konstigt i det. Hon har alltid tagit hand om dig. Nu ville du ta hand om henne.”

Doktorn lade handen på Mummas hals och nickade lugnt. ”Hon är avliden.”

11.

Gothem hösten 1961

Vilket väder!

Ella skyndade in från brevlådan till det varma köket på bondgården i Gothem. Äntligen hade hon fått svar från barnhemmet i Visby. Spänd kröp hon upp i hörnet på kökssoffan och satte sig tillrätta. I köksfönstret bland röda pelargoner spelade transistorradion Elvis Presleys Teddy Bear.

Med darrande händer sprättade hon upp kuvertet. Hade de beviljat hennes provtjänstgöring? Personalen hade varit trevlig mot henne vid besöket. Hon ögnade igenom brevet och blev varm. Kunde det vara sant? Den andra oktober önskade de henne välkommen och då skulle hon få träffa föreståndarinnan Olga Ölund.

En titt i almanackan. Sex veckor kvar. Hon läste vidare. De kunde ge henne en anställning fram till jul. Det pirrade till av förväntan, hennes första arbete i stan. Än så länge hade hon bara haft diverse ströjobb i socknen och strax utanför.

Barn var det bästa hon visste, allra helst de riktigt små. Hon hade ofta suttit barnvakt och även hjälpt till med städning och annat hos andra här i socknen. Men det här var något helt annat, ett riktigt arbete. Kvinnan hon träffade på barnhemmet hade noga poängterat att alla nya elever blev upplärda och att det minsann inte alltid var ett lätt arbete. Ella hade väldigt gärna velat se hur det såg ut på hemmet och träffa barnen men eftersom föreståndarinnan inte var där för dagen och kunde ge sitt godkännande, fick Ella vackert vänta.

Tyvärr skulle hon bli tvungen att flytta från Stina och Åke, hennes fosterföräldrar. Hade det funnit möjlighet att ta bussen mellan Gothem och Visby eller att cykla hade hon gärna bott kvar. Men om hon lyckades ta körkort skulle hon kunna flytta tillbaka till dem om hon inte trivdes i Visby. Som tur var kunde barnhemmet ordna bostad åt personalen.

Glatt visslande hällde hon upp potatis i en balja. Ikväll skulle det serveras raggmunk och stekt fläsk.

…

”Tack för hjälpen med flytten. Vad skulle jag ta mig till utan er?” sa Ella och kramade Stina.

”Vi får säga detsamma”, sa Stina med tårfyllda ögon. Vi kommer att sakna din matlagning.”

”Ja, verkligen …” inflikade Åke och strök sig belåtet över den stora magen.

”Det är inte så stort här men det är ju inte för evigt”, sa Ella och såg på röran av kartonger och väskor.

"Nej, stort var det inte, men billigt", sa Åke och ställde ifrån sig kartongen. "Du vet var vi finns om du ångrar dig. Vi kommer inte hyra ut flygeln förrän vi vet att du trivs här."

Ella nickade och log. "Det är skönt att veta."

"Vi måste åka. Många lycka till! Hör av dig om du behöver något", sa Stina.

Ella tog adjö av föräldrarna och stängde dörren. Med stor förväntan såg hon sig omkring. Blicken fastnade på sängen. Hoppas att den var bekväm. Rummet var litet men tillräckligt för en säng, byrå, två pinnstolar och ett litet bord. Dessutom fanns där en stor inbyggd garderob. Skulle hon få plats med allt hon tagit med sig? Hon öppnade garderoben. Där skulle det inte bli något problem, hon hade inte så mycket kläder. Ella rös till av välbehag när hon såg Visbys vackra domkyrka och alla hus när hon kikade ut genom fönstret. Solen höll på att gå ner och färgerna över stan utgjorde en hänförande bild. Med svårighet slet hon sig från fönstret och började packa upp.

…

Yrvaket satte Ella sig upp i sängen. Med grusiga ögon titta hon på väckarklockan. Redan halv sex? Uppackningen hade tagit betydligt längre tid än hon räknat med och hon hade inte kommit i säng förrän efter tolv. Hon sträckte på sig och tog sig stelt ur sängen.

Ella gläntade på dörren ut i korridoren och småsprang bort till det gemensamma badrummet. Ledigt, vilken tur. Tack vare förberedelserna kvällen innan behövde hon endast klä på sig och borsta tänderna.

Frukost! Hon måste ta med sig smörgåsar. Fjärilar fladdrade i magen medan hon bredde limpskivorna. Tänk om barnen inte skulle tycka om henne? Äsch! Varför skulle de inte göra det? Det hade aldrig varit något problem tidigare. Med den välfyllda matlådan i väskan, låste hon sin dörr och lämnade huset på Klinten.

…

En ung kvinna som såg ut att vara i samma ålder som Ella mötte henne i dörren.

   ”God morgon! Jag heter Åsa Lind och ska hjälpa dig tillrätta”, sa hon och sträckte fram handen.

   ”God morgon! Ella Nilsson.”

Hon slog följe med Åsa uppför trappan och såg sig nyfiket omkring. Vitmålade kala stenväggar. Endast den svarta ledstången bröt av mot det vita. Fönsterna gapade tomma ut mot stan. Så trevligt det skulle ha varit med gardiner! Gud så många trappor. Lättad tog hon sista steget till översta våningen och drog ljudlöst efter andan. En lång korridor. Undrar vad som finns bakom dörrarna?

"Här har vi vårt omklädningsrum" sa Åsa och öppnade dörren längst bort i korridoren. Hon tryckte på strömbrytaren och rummet badade i ett kallt sken från ett lysrör i taket.

Ella såg sig omkring. Rummet var lika kalt som trappan förutom ett skåp, en pinnstol och en ledstång för ytterkläder.

"Du kan hänga upp dina kläder där", sa Åsa och pekade på stången. "Det är viktigt att det hänger snyggt för annars får du dig en skrapa av föreståndarinnan."

Hon synade Ella uppifrån och ner och öppnade skåpet. "Jag tror att den här ska passa", sa Åsa och räckte henne en vit rock. "Vad har du för skostorlek?"

Ella kände hur det hettade till i kinderna. Var det något hon skämdes över så var det sina stora fötter.

Hon harkade sig och sa generat. "Fyrtiotvå …"

"Fyrtiotvå!? Förlåt jag menade inte att vara ohövlig, men då har vi tyvärr inga här som passar."

Ella ville falla genom golvet. Gud så pinsamt. Åsa såg medlidsamt på henne och log försiktigt.

”Men jag har en idé. Vänta här så länge. Kommer strax tillbaka.”

Det här var ingen bra start. Skulle de stora fötterna förstöra hennes framtidsdröm?

Ella satte sig på stolen och väntade, men reste sig kvickt när dörren öppnades.

”Du kan låna de här”, sa Åsa och höll upp ett par gula träskor och drog på mun. ”Bara så länge. Du ska få göra ett besök hos skohandlaren och prova ut ett par vid tillfälle. Ett gott råd, slarva för allt i världen inte bort dem. Jag lämnar dig nu så du får byta om. Vi ses på nedre plan.”

”Tack”, sa Ella generat och tog emot skorna.

Hon tog av sig kläderna och hängde dem prydligt på en galge. Vilken tur att hon tagit med sig linne och strumpbyxor, det hade känts bart annars.

Herregud! Vilka skor. För all del, de var lite för stora men satt ändå bra. Dessutom lyste de upp som två solar i kontrast mot allt det vita. *Putte* stod det längst fram på skorna med svarta bokstäver.

Aj! Något stack till i foten. Ella tog av sig skon och kände inuti. En träflisa? Usch! Den hade inte varit rolig att få i foten. Blicken fastnade på sulan. *Ge fan i mina skor!* Vem kunde denna Putte vara? Borde hon ens ha dem? Hon lämnade omklädningsrummet och puffade på dörren för att stänga. Vilket hon genast ångrade av smällen i korridoren. Kära nån!

En dörr en bit längre bort öppnades. En bastant kvinna kom ut och såg strängt på Ella.

"Så ni väsnas! Här måste vi vara tysta. Det räcker med allt skrik och gråt vi tvingas utstå."

"Förlåt frun", hasplade Ella fram.

"Jaja! Låt det inte ske igen bara. Är det Ella Nilsson?"

Hon nickade och svalde hårt.

"Olga Ölund. Föreståndarinna", sa kvinnan stramt och sträckte fram handen.

Ella räckte fram handen och neg. Något hon aldrig gjorde annars. Men framför denna respektingivande kvinna vågade hon inte annat. Fru Ölund påminde väldigt mycket om den stränga lärarinnan hon hade haft i skolan.

12.

Ella gick nerför trappan där hon möttes av Åsa.

"Så bra att du kom. Vi började undra vart du tog vägen", sa Åsa och skyndade mot bottenvåningen.

”Jag ber om ursäkt. Pratade med föreståndarinnan.”

Åsa vände sig om och såg bekymrat på henne.

”Vi är lite sena. Barnen måste få frukost och kläs på. Det skall bli inspektion idag av barnavårdsnämnden så det är bråttom!”

Inspektion? Ingen vidare start att behöva hasta. Ella log trots att nervositeten pirrade i magen. Helst hade hon velat få komma in i jobbet i lugn och ro.

”Ta med vällingen”, sa Åsa och pekade på korgen med flaskor vid dörren till nedre planet. Hon öppnade dörren och trevade efter strömbrytaren.

”Ta det försiktigt! Trappan är brant”, sa Åsa och såg på Ella.

Med ena handen om trappräcket och korgen i den andra, höll Ella blicken spänt på varje trappsteg. Låg barnen i en källare? Lättad satte hon fötterna på källargolvet. Åsa öppnade en dörr och en unken lukt slog emot. Ella rynkade på näsan.

”Ligger barnen …?”

”Ssshh …”, viskade Åsa. ”Vi bör undvika att väcka alla på en gång. Sätt korgen på bordet.”

Rummet var stort, men liknade inte en källare. Fönstren var betydligt mindre än i det övriga huset och släppte in ledljus från lyktstolparna utanför. Ella urskilde nio eller tio sängar, placerade tätt intill varandra.

Åsa tog tag i hennes arm och viskade, ”Du skulle gått bredvid hela dagen, men du blir nog tvungen att hjälpa mig att mata.”

Ella nickade och tog emot flaskan som Åsa räckte henne.

”Jag delar ut till de som äter själva. Du kan ge Joakim, längst bort till vänster.”

Ella gick så tyst hon kunde mellan sängarna. Lugna andetag blandat med en och annan snarkning fyllde henne med en ljuvlig känsla. Det skulle bli härligt att få lära känna de små liven.

Hon stannade vid den bortersta sängen till vänster och blickade ner på Joakim. Hans blonda hår glänste i ljuset från gatlyktan och fick henne att tänka på änglahåret de brukade dekorera granen med. Försiktigt lade hon handen på pojken och smekte honom ömt på ryggen. Pojken ryckte till och vände sig hastigt om. Ella visade nappflaskan och genast reste han sig upp i spjälsängen och sträckte sina armar mot henne. Oförberedd fylldes hon av en sådan ömhetskänsla att hon blev tvungen att sätta sig på stolen intill sängen. Joakim lade sig tillrätta och greppade nappflaskan.

Tystnaden i rummet förbyttes till ljudet av barn som girigt sög i sig välling. För Joakim ekade flaskan snart tom och han släppte den villigt. Tyngden på armen ökade betydligt och hon såg att pojken hade somnat.

”Du måste gå till nästa”, viskade Åsa

Ella reste sig från stolen med pojken i famnen. Hans lugna andetag fick hennes att bli varm. Hon skulle gärna ha suttit här en stund till. Försiktigt lade hon honom tillrätta i sängen och bredde filten över den mjuka kroppen.

”Vem är på tur?” viskade Ella.

”Det ligger en flicka där inne”, sa Åsa och pekade mot en dörr.

”Är det flera barn?”

”Bara Sara.”

Ella öppnade dörren och möttes av två stora ögon som tittade förvånat på henne.

”God morgon”, sa Ella med låg röst och närmade sig sängen. ”Är du hungrig?” Flickan ruskade bestämt på huvudet och kröp in under filten. Ella klappade henne över ryggen. ”Kom, du ska få välling.” Hon lyfte på ena kanten av filten och en blond kalufs blottades.

”Är det något problem?”

Ella vände sig om mot Åsa och ryckte på axlarna. "Hon kanske är rädd för mig?"

Åsa gick fram till Sara och plockade bort filten. "Hon är alltid så här."

Sara lät sig lyftas ur sängen och lade sig villigt i Åsas famn. "Lilla gumman, försök att äta lite åtminstone", sa Åsa och log uppmuntrande mot barnet.

Sara tog emot nappflaskan i munnen, men lät den ligga där utan att suga. Hennes ögon tycktes enorma i det lilla ansiktet.

"Varför ligger hon på eget rum?" undrade Ella och rynkade pannan.

"Hon sov så oroligt och väckte de andra barnen. Det blev bättre för alla när hon flyttade in hit."

"Hur gammal är hon?"

Åsa strök flickan över huvudet. "Ungefär ett, eller ett och ett halvt."

Ella tittade förvånat på Sara. Så pass ändå. Det hade hon inte kunnat tro. Spontant räckte hon ut handen och greppade den runt Saras arm. Herregud, hon var ju bara skinn och ben.

"Du kan samla ihop flaskorna och gå upp, så kommer jag strax. Sedan skall vi ta dem alla till toalett och bad."

Ella trevade sig fram mellan sängarna och samlade ihop de tomma flaskorna och lämnade barnkammaren. Med Saras stora ögon på näthinnan gick hon försiktigt upp för den branta trappan.

Ella tryckte ner handtaget med mer kraft än hon trodde och dörren for upp. Förskräckt såg hon på kvinnan som så när hade blivit träffad av dörrens framfart.

"Åh! Förlåt. Det var inte meningen att slå upp dörren på vid gavel", stammade Ella fram.

"God morgon! Jag heter Astrid. Är det du som är Ella? Jag ser att du har händerna fulla. Låt mig hjälpa dig", sa Astrid och log glatt.

"Tack! Ja, det är jag som är Ella."

"Vi går ut till köket med flaskorna. Är Åsa på väg upp?"

Ella nickade och skyndade efter Astrid.

Köket hade vitmålade väggar och kakel som blänkte i ljuset från de kalla ljusrören i taket. Bänkarna var av marmor med partier av stål och golvet bestod av klinkers. Fönsterna var även här stora och utan gardiner.

Astrid log vänlig. "Ställ flaskorna här på bänken. Vi måste skynda vidare till badet."

Ella ställde ifrån sig korgen och skyndade efter. Varför skulle det vara så stelt och kalt? Det var väl en sak för henne, för hon kunde få lämna stället mellan passen men barnen tvingades leva i den här miljön jämt.

13.

Ella sparkade av sig skorna innanför dörren i sitt rum och slängde sig raklång på sängen.

Vila! Hon måste få sträcka ut sina trötta ben och ömma fötter. De skor hon fått låna hade inte varit bekväma någon längre stund utan snabbt blivit tunga och klumpiga.

De ouppackade kartongerna och väskorna på golvet fick vänta. Huvudet snurrade av allt det nya. Hon kände sig nedstämd på grund av alla sorgsna och bleka barnansikten hon mött. Borde inte barn vara busiga och lekfulla med en glimt i ögonen? I badrummet hade de suttit snällt, tysta i rad på pottor för att sedan låta sig flyttas över till ett zinkbadkar fyllt med vatten. Det hade gått på löpande band och hon hade fått torka dem medan nästa tog på kläder. Normalt borde väl barn plaska vatten och skratta åt varandra? Men dessa var enbart likgiltiga. Personalen hade genast tystnat när Olga Ölund kommit in i badrummet.

”Se till att få barnen klara. De ska hinna ut på gården för utevistelse innan Barnavårdsnämnden kommer hit. Vi måste tillgodose barnen med frisk luft och sol”, hade Fru Ölund sagt och kastat en irriterad blick på Ellas skor för att sedan lämna badrummet.

Ella rullade över på sidan och drog upp täcket till hakan. Hon ville jobba med barn men det här kändes inte bra. För även om de små fick mat och omsorg så verkade de så sorgsna. Det skar i hjärtat att se deras slutna ansikten. För så många barn tillsammans borde väl leda till skratt och bus. Äsch! Kanske behövde hon lite tid? Trött blundade Ella och kände sömnen komma smygande. Bara vila en liten stund, sedan skulle hon ta itu med uppackningen.

…

Ella sprang från det ena rummet till det andra. Fanns det ingenstans att gömma sig? Enbart kala väggar och stora fönster överallt. Det knastrande ljusröret som envist belyste de gula träskorna, flackade till och slocknade. Allt blev svart.

”Göm dig!” ekade personalens röster utifrån korridoren. ”Putte får inte se att du använder hans skor!”

Det kalla ljuset från lampan kom tillbaka. Men var kunde hon gömma sig? Det fanns inte en möbel att krypa bakom.

Ella blinkade och tittade ut i mörkret. Hon rullade åt sidan och slog fötterna i väggen när hon försökte sätta sig på sängkanten.

”Aj!” Fel sida, hon var inte hemma i Gothem. Hur länge hade hon sovit, var det dags att gå upp? Hon tände sänglampan, såg att klockan var strax efter midnatt och sträckte njutningsfullt på sig. Det var långt ifrån dags att stiga upp men hon var tvungen att borsta tänderna.

Ella tog necessären, öppnade dörren ut till korridoren och skyndade över det kalla golvet bort till badrummet. Inte en själ, vilket inte var konstigt med tanke på klockslaget. Än så länge hade hon inte träffat någon annan hyresgäst. Tyst stängde hon dörren och trädde haspen i öglan.

Hon öppnade badrumsskåpet och såg till sin förvåning att hyllorna var prydligt uppdelade med små handskrivna etiketter. Hon läste Gerd, Gunilla och Ella. Så bra! Då behövde hon inte släpa hygienartiklar fram och tillbaka. Hon måste ha varit trött i morse eftersom hon inte uppmärksammat vare sig hylla eller krok för handduk. Men vad bra, då fick hon veta vad de andra flickorna hette. Tröttheten drog i ögonlocken. Borsta tänderna och sen i säng.

Ella slog sig ner tillsammans med de andra arbetskamraterna i fikarummet för frukost. Rummet var litet med vitmålade väggar. Mitt i rummet fanns ett matbord och åtta stolar placerade runt om. Längst in i rummet vid fönstret stod två gröna fåtöljer och ett litet bord för rökare.

Hon makade sig tillrätta på den hårda stolen och öppnade sitt smörgåspaket.

”Tänk att det redan är fredag! Tiden har verkligen gått fort. Jag har redan varit här en hel vecka”, sa Ella och tog en tugga av smörgåsen.

”Har du ännu inte fått någon tid vid skomakaren?” undrade Åsa och tittade upp från dagstidningen.

”Jag skulle ha varit dit igår men då hade han fått ryggskott.”

”Ajdå … Putte arbetar på fredagar, men han kommer först efter lunch. Det är hans arbetsskor du har fått låna och han lär väl behöva dem”, sa Åsa och rynkade ögonbrynen.

”Jaså? Vad gör jag då?”

”Du kan inte gärna gå barfota”, sa Anna och ruskade på huvudet.

”Vem är den där Putte?”

Anna svalde en klunk med kaffe och såg vänligt på Ella. "Olga Ölunds systerson."

"Jobbar föreståndarinnans systerson här"

Åsa slog ihop dagstidningen och lutade sig bak mot ryggstödet. "På sätt och vis. Han är lite allt i allo och hoppar in när det behövs." Hon öppnade termosen och fyllde sin kopp med kaffe och såg på Ella.

"Vill du ha?"

Ella nickade. "Tack gärna."

Det kändes inget vidare om hon skulle få problem med Putte, men å andra sidan var det Olga själv som hade gett tillåtelse. Av texten på skorna att döma, *Ge fan i mina skor!* borde hon hellre gå barfota.

Fru Ölund kom in i rummet och slog sig ner vid bordet. Hon suckade djupt och rynkade bekymrat pannan.

"Kan Åsa hälla upp en kopp kaffe?" sa Fru Ölund och suckade igen.

Ella sneglade på Åsa. Hennes hand darrade lätt när den fyllde föreståndarinnans kopp. Det var tydligen inte bara hon som blev nervös av föreståndarinnans närvaro. Olga vände sig om och såg bestämt på Ella.

"Ella ska gå ner till skomakaren. De har fått in ett par skor de tror ska passa. Då behöver vi inte beställa ett par nya."

Osäker på vad hon borde svara hasplade Ella fram ett tack. Fru Ölund spände ögonen i henne.

"Nå! Sitt inte här och slöa. Se till att skynda sig iväg. Vi har mycket att göra."

Det hettade till i Ellas kinder. Hon reste sig snabbt från bordet och undvek de andras blickar.

…

Ella fällde ihop paraplyet utanför skomakaren och ruskade bort vattnet för att inte blöta ner något golv. En liten bjällra klämtade till när hon öppnade dörren. En mager kvinna med snipigt ansikte skyndade fram mot henne.

"Fröken Nilsson, förmodar jag", sa kvinnan och sträckte fram en knotig hand med långa spetsiga naglar.

Ella nickade och log.

"Jag skulle hämta ett par skor."

"Ja, du hade tur. Baderskan på lasarettet har slutat för lång och trogen tjänst, men dock inte hennes skor. De var ännu så pass fina", sa den magra kvinnan och skrattade.

Ella suckade. Om man nu kunde kalla det tur? Hade hon någonsin ägt ett par nya skor? Nej, inte vad hon kunde minnas.

Kvinnan försvann in i rummet bakom disken för att strax därpå komma tillbaka med ett par skor vilka hon räckte över till Ella.

"Men ... de är ju riktigt fina."

"Varsågod! Slit dem med hälsan. Du jobbar på barnhemmet eller hur?"

Ella tog leende emot skorna.

"Ja, men bara tillfälligt fram till jul. Jag kommer att söka till sommaren igen."

"Lycka till!" sa kvinnan vänligt och tryckte försynt tillbaka tandprotesen som hamnat på sned.

"Adjö, och tack så mycket för skorna", sa Ella och lämnade skomakarens.

Regnet strilade ner från paraplyet och gjorde det svårt att se. Ella höll blicken stint fäst på kullerstenarna och placerade fötterna omsorgsfullt för att inte halka. Norderport, en av passagerna i ringmuren runt Visby innerstad gav henne en liten frist från vätan. Hon ruskade paraplyet och tog ett nytt grepp om skopåsen. Olga

Ölunds snörpiga min kom upp på näthinnan och hon skyndade vidare uppför backen mot barnhemmet.

Vägen in till barnhemmet hade förvandlats till en mindre sjö. Tveksamt tog hon klivet och traskade genom vattensamlingen. Fötterna blev iskalla. Åh! Så hon frös. Ella skyndade uppför trappan, öppnade dörren och klev in. Bedrövat såg hon hur hennes knästrumpor hade färgats mörkbruna av det lortiga vattnet.

   "Så hon är äntligen tillbaka", sa fru Ölund och knep ihop munnen. "Se till att kvickt byta om och ställ skorna under elementet i städskrubben."

Ella nickade och ställde in de blöta skorna. Påsen med de nya skorna la hon under kapphängaren. I strumplästen sprang hon uppför trappan till omklädningsrummet. Hon krängde av sig de blöta strumporna, hängde dem på elementet och plockade fram ett par rena. Fötterna var iskalla. Snabbt drog hon på strumporna och gned med handflatorna tills blodcirkulationen kom igång.

Typiskt! Skorna blev kvar där nere. Ella stängde dörren och skyndade nerför trappan. Var hade hon ställt påsen? Hon öppnade dörren till städskrubben. Nej, där fanns bara de dyngsura gula träskorna. Hade hon tagit med dem upp?

   "Vad letar du efter?" sa en barsk manlig röst.

Ella vände sig hastigt om. "Mina …" Hon tystnade tvärt och tittade förläget upp på mannen vars händer höll ett stadigt tag om dörrkarmen och gjorde det omöjligt för henne att lämna skrubben.

"Skor?" fyllde mannen i och nickade så de kopparröda lockarna dansade.

"Ja …" I samma stund fick hon syn på skorna på mannens fötter, med hälarna en bit utanför. "Du har mina skor?" stammade hon fram.

"Det är väl inte mer än rätt. Du har lånat mina i flera dagar och nu står de dessutom genomvåta inne i skrubben. Varför sprang du ute i regnet med mina fina arbetsskor? De ska endast användas inomhus. En gåva från överstinnan", sa mannen och hytte med fingret.

Det hettade till i kinderna. Överstinnan? "Jag ber om ursäkt men jag behöver mina skor", sa Ella tyst.

Mannen rynkade sina buskiga ögonbryn, tippade ner glasögonen han hade haft på huvudet och såg bekymrat på hennes fötter. "Ja, det är klart. Men det måste vara rättvist."

Ella mötte försiktigt hans blick.

"Jag har ett förslag!" sa han och snörpte på munnen.

"Är det du som är Putte?" sa hon och log.

Han öppnade dörren till skrubben och tog ut de gula skorna. "Jupp!"

"Jag ber om ursäkt."

"Du är förlåten. På ett villkor", sa han och räckte henne en gul sko.

"Men?"

"Varsågod! Här har du till den andra foten", sa han och räckte henne en av de nya.

"Jag kan väl inte …"

"Varför inte? Se till att gå in till de andra nu, så de inte skickar ut en efterlysning på dig. Sådant gillar inte överstinnan och hon är inte att leka med."

Ella såg ner på de omaka skorna och ruskade på huvudet. Vilken tok! Bestämda steg hördes från trappan.

"Har inte fröken Ella återgått till arbetet än?" sa fru Ölund strängt.

Skammen sköljde genom henne. Föreståndarinnan såg på hennes fötter och suckade.

"Se till att skynda på. Annars blir det avdrag på lönen."

"Och du Putte går ut i köket och lagar den trasiga lådan!" sa fru Ölund något mildare.

Han gjorde honnör och slog ihop träskorna med en
smäll. "Ska ske överstinnan!"

Fru Ölund suckade och viftade avvärjande med handen.

"Varför står Ella där och glor?"

Ella vände genast på klacken och skyndade in på
avdelningen.

14.

Det var tidig morgon. Ella plumsade fram på den
snötäckta gatan som glittrade i ljuset från gatlyktorna.
Hon var lycklig. Vilken underbar syn. Adventsstjärnorna
som hängde i fönsterna fick henne att tänka på de där
hemma. Saknade de henne mån tro? Tanken på Stinas
nybakta saffransbullar fick det att vattnas i munnen.

Ella öppnade dörren till barnhemmet prick klockan sju
och möttes av Åsa med famnen full av smutstvätt.

"Du är lite sen. Men tack och lov att du kom. Elvira
sitter på toaletten. Hon har kräkts. Rena kläder finns
utanför dörren", sa Åsa och öppnade dörren in till
tvättstugan.

Ella hängde av sig ytterkläderna i all hast, slet åt sig klädhögen och öppnade dörren till toaletten. På en stol satt Elvira naken och väntade. "Men lilla vän, är du sjuk?"

Flickan nickade och tittade ner i golvet.

"Inte behöver du skämmas över det. Man kan inte rå för att man blir sjuk." Ella strök flickan över håret och log uppmuntrande.

Elvira lyfte blicken och såg på henne med tårar i ögonen.

"Då får jag inte vara med på dockteatern."

"Dockteatern?"

"Farbror Puttes."

"Nu ser vi till att få på dig kläder. Du är iskall."

Elvira lät sig villigt kläs på, förutom strumporna. Dem ville hon ta på själv.

"Jag är så kittlig", sa hon och trutade med munnen.

Åsa kom in i badrummet. "Färdigklädd, så bra! Då stoppar vi henne i säng."

Ella mötte Elviras ledsna ögon och tog henne i famn.

"Flickan nämnde något om en dockteater."

Åsa ryckte på axlarna. "Är hon sjuk, bör hon ligga till sängs istället för att se på teater."

”När och var är den?”

”I allrummet som vanligt. En av Puttes
teaterföreställningar. Innan kafferasten.

Ella såg granskade på Elvira och lade handen på hennes
panna. Ingen feber. ”Hur mår du?”

Flickan log osäkert. ”Bra.”

Åsa såg tvivelaktigt på Elvira.

”Om man har kräkts är man inte frisk. Men om vi säger
som så här! Om du äter bra under dagen och inte kräks
fler gånger, så får du lov att vara med.”

”Har du berättat för föreståndarinnan att Elvira har
kräkts?”

Åsa ruskade på huvudet. ”Skulle precis göra det. Men om
vi gör som jag sagt, då låter jag det vara. Men kom ihåg!
Ingen får yppa något om det, för då hamnar vi i onåd.”

”Förstår du Elvira? Ingen får säga något om att du varit
dålig. Inte du heller. För då blir fru Ölund irriterad och då
kanske vi inte får se på teatern”, förmanade Ella strängt.

Elvira tittade upp på henne med stora ögon och nickade.
”Jag ska inte säga något.”

”Bra! Nu går vi upp till de andra.”

Det var tisdag och Ellas tur att ta hand om tvätten. Hon tömde tvättmaskinen, lade innehållet i en korg och gick in i torkrummet. Det rasslade till i ventilationstrumman när hon startade fläkten och ljummen luft strömmade in. På rad hängde hon upp lakan och handdukar längs linorna som löpte från den ena väggen till den andra.

Upprörda röster hördes utifrån korridoren.

"Jag tycker inte om det här med dockteater och det vet du!"

Ella stannade upp och lyssnade spänt. Var det föreståndarinnans röst? Hon gick några steg närmare dörren.

"Snälla moster! Ungarna älskar min dockteater."

"Förra gången blev det kaos. De ville inte äta, för att de trodde att maten var förgiftad och på kvällen var de livrädda för att gå och lägga sig."

"Ja ... det blev lite rörigt."

"Lite?! Det blev mycket rörigt. Hans och Greta var inget bra exempel på dockteater och när du propsade på att det fanns en ond häxa här på barnhemmet ..."

"Jag lovar att det blir lugnt idag. Det är en rar liten julsaga, med nissar och allt."

Fru Ölund fnyste. *"Julsaga! Vad vet de om jul? De kommer inte att förstå någonting."*

"Nu ska moster inte vara sådan. Mamma har berättat för mig hur mycket moster älskade julen som liten."

"Ja, men med de här barnen är det skillnad. De har ingen familj", protesterade Olga.

"Alla barn har rätt till en god jul och jag tänker spela upp min teater. Punkt slut."

Ella drog efter andan och började hosta våldsamt. Herregud! Vad sa Putte? Var det för att föreståndarinnan var hans moster som han vågade vara lite uppstudsig?

Dörren till tvättstugan öppnades och dörröppningen fylldes av Puttes långa kroppshydda.

"Jaså! Här står hon och väsnas", sa han och rynkade näsan.

"Förlåt! Det var inte meningen att tjuvlyssna", sa hon och kände hur det hettade om kinderna.

"Så fruktansvärt! Fröken borde ha stoppat lakan i öronen för att inte kunna höra!"

"Men jag …"

Putte vindade med ögonen och log ett brett leende som blottade en något ojämn tandrad.

"Skojade! Jag är faktiskt inte så farlig som jag ser ut … jag är värre!" sa han och brast ut i skratt.

Ella såg på den storväxte mannen i säckiga snickarbyxor och log försiktigt.

"Så där ja! Det var väl inte så farligt. Du är väl kvar och ser den världsberömda uppsättningen av tomtemor och tomtefars vilda natt i snödrivan?"

Ella brast i skratt. "Ja, den vill jag inte mista för allt i världen."

"Då ses vi i allrummet efter lunch", sa han och gick.

15.

I barnhemmets dagrum knastrade det hemtrevligt från kakelugnen. På golvet låg madrasser och filtar. Det skulle bli dockteater. Längs ena väggen stod en scen i regnbågens alla färger. Ella som hade fått lov att hjälpa till med förberedelserna såg beundrade på Putte där han ställde allt i ordning.

"Har du byggt scenen själv?"

Putte öppnade ridågardinen och tittade ut. "Jajamensan! Jag kan fixa det mesta."

"Den är fin. Jag är imponerad!"

Putte höjde på ögonbrynen och blinkade överdrivet. ”Tackar allra ödmjukast min sköna dam.”

Kinderna hettade. ”Kan jag få se dockorna?”

”Absolut inte! De håller på att förbereda sig och vill inte bli störda.”

Ella brast ut i skratt. ”Snälla.”

”Vill du absolut se tomtefar naken i badet?”

”Äsch! Du skämtar då bort allt. Nåja, jag får väl lugna mig då.”

Det prasslade till vid scenen. En handdocka med stort vitt skägg och ett badlakan runt magen tittade fram i scenöppningen och vinkade.

”Hörru snygging! Här har du mig i all min glans. Ho! Bäst jag försvinner innan tomtemor får syn på mig.” Dockan försvann och Putte tittade ut igen.

Förläget vände hon sig om. ”Ja om allt är klart här, så återgår jag till barnen.

…

Barnen satt stilla på madrasserna och väntade förväntansfullt på att teaterföreställningen skulle börja. Rummet var mörkt förutom två lampor som lyste upp scenen. Personalen satt på stolar längs ena väggen. Fru Ölund kom in och satte sig bredvid Ella.

”Ni får vara beredda på att ta vara på uppjagade barn efter teatern. Jag tycker inte alls om det här”, sa fru Ölund och knyckte på nacken.

Ella nickade. ”Vi får hoppas att det inte blir så farligt.”

Ridån åkte isär och blottade två säckar med julklappar. En sjungande tomte med vitt yvigt skägg dök upp på scenen.

”Hej tomtegubbar slå i glasen.” Tomten tystnade tvärt och tittade ut över publiken.

”Hej alla barn!”

”Hej tomten!” ropade barnen glatt i kör.

”Nu är det dags att packa släden med julklappar. Har ni gjort färdigt era önskelistor?”

Ett av barnen började gråta. Ella reste sig genast och gick bort till madrassen, satte sig och vinkade barnet till sig.

Tomten gjorde en gest med handen och lade huvudet på sned. ”Varför gråter du mitt barn?”

”Jag kan inte skriva!” sa Mia och gned sig under näsan. Förvånad såg Ella på flickan. Hon hade aldrig hört Mia yttra ett endaste ord.

”Men du kan rita?” sa tomten och blinkade. Mia sken
upp och nickade ivrigt. ”Nu, alla snälla barn, måste jag gå
och sova middag. Ni får hålla koll på julklapparna.”
Tomten försvann och lämnade säckarna med paket.

Barnen satt tysta och väntade. Man hade kunnat höra en
knappnål falla till golvet.

Julbocken gjorde entré på scenen.

”Men vad skådar mitt öga? Julklappar! Vem kan de vara
till? De måste alla vara till mig, det finns ingen annan
här.” Med säckarna på ryggen hoppade bocken upp en
våning och landade på taket av scenen. ”Jag lägger dem
här på vinden så ingen kan ta dem ifrån mig.”

Ett barn pekade förfärat på julbocken. ”Han tog barnens
paket.”

Bocken vände sig mot barnen. ”Det är mina paket! Det
finns inga snälla barn. Det är bara jag som har varit snäll i
år. Nu skall jag gå ner och göra ordning tomtens släde,
för den är min den också. Våga inte skvallra!” sa bocken
och hytte med hoven innan han försvann bakom scenen.

Tomten kom in scenen, sträckte på sig och gäspade högt.

”Åh, Vad jag har sovit gott! Nu är det snart dags att åka
hem till alla barn. Det är många barn som har varit snälla,
så det blir många besök.”

Ella kände hur små fingrar kröp in i hennes hand. Hon vände sig om och fick syn på Sara stora ögon som var klotrunda av upphetsning. ”Kom och sätt dig här”, viskade Ella och pekade på sitt knä.

”Inte behöver Ella sitta på golvet”, sa fru Ölund och ruskade på huvudet.

”Det går bra. Jag är gärna här med barnen.” Sara kröp in i Ellas famn och lutade sig mot hennes bröst.

”Men var är alla paket?” bullrade tomten.

”De är uppe på vinden!” ropade barnen i kör.

Tomten kliade sig i skägget och vankade fram och tillbaka. ”Nu har jag inget att ge de snälla barnen.”

”Julbocken har tagit dem. De är uppe på vinden!” ropade barnen igen.

”Vad säger ni? Är julklapparna uppe på vinden? Hur har de hamnat där? Nu blev jag trött igen.” Tomten gäspade och lade sig ner på golvet.

Julbocken vände sig mot åskådarna. ”Jaha! Nu har ni gjort tomten trött. Det är dumt att luras.”

”Vi luras inte!” ropade ett av barnen. ”Säckarna ligger visst på vinden!”

"Det ska inte delas ut presenter till några barn. De vet inte vad jul och julklappar är för något!" sa julbocken, skrämmande likt fru Ölunds röst. "De kommer bara att bli uppjagade och oroliga."

Tomten reste sig från golvet. "Jag tyckte mig höra julbockens röst. Vet ni var han är?"

"Han är där!" ropade barnen ivrigt och pekade mot taket.

Mia släppte taget om Ella och rusade fram till scenen och grep tag i tomtens luva som åkte av.

"Han är där uppe! Skynda dig", ropade flickan.

Julbocken gjorde sig redo för avfärd.

"Ni ska inte tro att ni får tag på några paket", ropade han och slet åt sig säckarna.

"Fånga honom!" ropade en pipig barnröst.

Ella fascinerades så av teatern att hon totalt glömde bort vem som satt bakom scenen. Vilket skådespeleri! Att lyckas fånga barnen så de glömde tid och rum. En vild jakt spelades upp, där bocken till slut lyckades låsa in tomten i källaren. Glatt visslande rusade bocken upp på vinden där släden stod klar för avfärd. Men precis när han skulle åka iväg dök tomtemor upp. Med ett rejält tag grep hon honom i nackskinnet och höll honom fast.

”Fy på sig julbocken! Nu vet jag en som inte kommer att få någon julklapp i år. Nu ska du snällt gå med och öppna dörren för tomtefar”, sa tomtemor argt.

”Buhuhuhu!” grät bocken högt medan han lossade regeln från källardörren.

”Varför ville du stjäla barnens paket?” undrade tomten.

”Jag får aldrig några julklappar”, snyftade bocken.

”Du måste vara snäll om du skall få paket”, sa tomtemor strängt.

Tomtefar vände sig mot barnen. ”Vad tycker ni, ska vi ge bocken ett paket om han lovar att vara snäll?”

”Ja”, ropade alla barnen.

”Nu får alla snälla barn ställa sig på rad framför scenen, så skall ni få var sitt paket”, sa tomten och vinkade barnen till sig. Barnen reste sig och ställde sig i en prydlig rad. Under skratt och stoj slet barnen upp sina paket som visade sig innehålla tablettaskar. Lyckan hos barnen visste inga gränser.

Med stelt ansikte reste sig fru Ölund från stolen och gick med snabba steg förbi alla barn och ut från dagrummet.

”Nu alla barn!” Tomtens bullrande röst överröstade dem alla. ”Borta vid fönstret står det en korg på bordet. Där har jag gömt något gott till er. Var så goda!”

Ella klev upp från madrassen för att hämta kannan med saft från köket. Hon stängde dörren till dagrummet och skyndade vidare genom korridoren. Ett kluckande ljud fångade hennes uppmärksamhet. Vad var det? Ella stannade till utanför toalettrummet med handfaten.

Med hjärtat i halsgropen öppnade hon försiktigt dörren och kikade in. Förvånad såg hon fru Ölund lutande med ena handen på ett handfat och med den andra framför munnen. Ryggtavlan skakade av skratt.

"Håhåjaja!" utbrast fru Ölund. "Så dråpligt. Den pojken upphör aldrig att förvåna", fortsatte hon och brast ut i skratt igen.

Ella stängde dörren ljudlöst och fortsatte mot köket. Så föreståndarinnan var inte helt befriad från humor trots allt.

16.

Ella öppnade ytterdörren till barnhemmet. Sista morgonen. Det hade varit en rolig tid. Hon hade lärt känna de flesta, både personal och barn och trappan till övervåningen var inte längre lång och motig. Nu småsprang hon med lätthet hela vägen upp. I samma ordning likt tidigare, klädde hon av sig, hängde upp kläderna på en galge och satte på sig en ren rock. Men idag kändes det annorlunda. Var det för sista gången eller skulle hon få komma tillbaka?

Vad hon skulle sakna barnen som hon så gärna velat se växa upp. Hon hoppades innerligt att de små skulle få komma till egna hem.

Allt var tyst. Om hon inte vetat att personalen var där nere och förberedde dagen hade hon trott sig vara ensam. Åsa, den hon hade kommit närmast av personalen, var för tillfället sjuk. Hur mycket skulle hon inte sakna henne. Tyst stängde hon dörren till personalrummet och skyndade ner mot källarplanet.

Dörren in till barnavdelningen gnisslade lätt när hon öppnade den. Hon tittade mot fönstret och såg siluetten av någon bredvid Joakims säng.

"God morgon", viskade Ella.

En hand lyftes och vinkade tillbaka.

Ella ryckte åt sig en vällingflaska och fortsatte in till rummet bredvid. Saras snusande andetag fick känslorna att svämma över. *Lilla gumman. Hur ska jag överleva utan dig?* Av någon anledning hade hon tagit just Sara till sitt hjärta.

"Sara. Välling", sa hon och strök Sara över ryggen. Flickan jämrade sig en aning och tittade yrvaket upp. "God morgon! Vill du ligga i din säng eller i min famn?"

Sara grep tag om hennes arm. Försiktigt lyfte Ella upp barnet och satte sig på stolen bredvid sängen.

Ella kämpade mot tårarna. Lilla Sara, hon som inte hade en aning om att det här var deras sista morgon. All personal var snäll, det var inte det. Det var inte bara hon som hade fastnat för Sara, det var ömsesidigt. Hur många gånger kunde ett barn klara av att bli övergivet utan att det satte spår?

Flaskan ramlade i golvet med en smäll. Ella trevade med handen och fick fatt den. Vilken tur att den höll. Mödosamt reste hon sig från stolen och lade Sara i sängen.

Ella gick till det andra rummet och kisade ut i dunklet.

”Alla har fått”, viskade en mansröst.

”Vem är det?” utbrast hon utan att tänka sig för.

”Vem jag är? Tomten, vem annars?”

”Putte? Vad i hela friden …”

”Ja, kan du tänka dig? Ellinor blev akut sjuk igår. Troligtvis blev hon smittad av Åsa. Men vi fixar det. Du och jag.”

Hjärtat tog ett skutt. Herregud! Skulle hon jobba med Putte hela förmiddagen?

”Oroa dig inte. Jag har ryckt in tidigare och kan rutinerna. Dags för bad och potta.”

Putte öppnade dörren till trappan och höll upp den för henne. ”Damerna först!”

Ella tog några kliv uppför trappan och ryckte ofrivilligt till när hans arm nuddade vid hennes ben.

”Min fagra dam tänker väl inte ramla? För jag har tyvärr händerna fulla med flaskor”, sa Putte roat.

”Absolut inte! Jag trampade bara lite galet.”

Dörren till korridoren for upp och en rufsig fru Ölund klev över tröskeln.

”Så där är ni? Jag undrade just var ni blev av”, sa hon andfått och rättade till hårknuten. ”Vi har fått problem. Det är bara vi som är friska. Alla andra har blivit magsjuka.”

”Oj, är alla sjuka?” flämtade Ella.

”Hör Ella dåligt?” utbrast fru Ölund och torkade svetten från pannan.

”Nu behöver vi inte bli otrevliga”, sa Putte muntert. ”Vi tre ordnar det! Eller hur? Det blir trevligt att fira julafton här”, fortsatte han och lade armen om fru Ölunds axlar.

Fru Ölund snörpte på munnen och såg från den ena till den andra. ”Kan jag lita på det? Finns det en möjlighet för Ella att bli kvar hos oss över julhelgen?”

”Jag har inget annat mig för, så det går bra.”

”Samma här!” sa Putte och log brett mot Ella.

Ella kände hur hon blev varm om kinderna och visste att hon såg ut som en övermogen tomat. Putte såg oförstående på henne, men sa ingenting. Hon ruskade på huvudet och vände sig bort. Varför blev hon så påverkad av honom?

. . .

Ella tittade på klockan. Redan eftermiddag? Allt hade gått förvånansvärt bra. Vilken otrolig hand Putte hade med barnen. Hon torkade den sista tallriken och ställde den i skåpet. Barnen var väl vakna vid det här laget efter middagsvilan, så hon borde ge Putte en hjälpande hand.

Ett illvrål bröt ut från korridoren. Herregud! Vad var det? Med hjärtat i halsgropen öppnade hon dörren och fick syn på Putte sittande på golvet med två gråtande barn i famnen.

”Vad håller ni på med?!” utbrast fru Ölund borta från trappan.

”Jag varnade dem innan! De borde inte rida på en otämjd häst”, sa Putte och blåste på Nils arm. ”Eller hur? Visst gjorde jag det?”

”Otämjd häst?! Vad är det för dumheter” sa fru Ölund och himlade med ögonen.

”Det var jag som var hästen. Den ville inte ha någon på ryggen och blev lite bångstyrig.”

Ella kastade en blick i hallspegeln och kom på sig själv med ett stort fånigt leende.

”Tycker Ella att det här är roligt?” sa fru Ölund och spände ögonen i henne.

”Ja … jag menar nej”, stammade hon och tittade i golvet för att inte brista ut i skratt.

Fru Ölund vände på klacken och försvann muttrande uppför trappan.

Putte reste sig. ”Det är väl dags att väcka de andra?”

Ella nickade. ”Jag gör i ordning lite mellanmål.”

Han öppnade dörren till nedervåningen och tog ett barn i varje hand. ”Kom så går vi och hämtar de andra.”

När hon såg honom försvinna nerför trappan, sjungande, blev hon tvungen att erkänna att Putte växte för var gång hon träffade honom. Visserligen hade hon inte haft med

så många män att göra, men hon hade aldrig mött någon
som han. Hon hade inte ens anat att det fanns sådana
män som han?

. . .

I dagrummets kakelugn knastrade brinnande vedträn och
på bordet stod en trearmad kandelaber med tända ljus.
Ella vände upp den sista sidan i boken med julsagor som
hon inhandlat från bokhandeln i stan. Barnen tittade på
henne med stora ögon.

" … och när barnen steg upp på julaftonsmorgonen
såg de att någon hade varit där. Tallriken med gröt var
borta. Barnen fortsatte in i rummet där de hade ställt den
ynkliga granen, vilket de med glädje klätt efter bästa
förmåga. Där möttes de av världens vackraste gran med
ljus, glitter och änglar av kristyr och när de upptäckte
julklapparna vid granens fot, kunde de inte tro sina
ögon."

Ytterdörren öppnades och stängdes med en smäll.
Snabba, tunga steg närmade sig dagrummet och Putte
dök upp i dörröppningen.

"Vet ni vad jag hittade utanför ytterdörren?", sa Putte
och satte ner en säck med paket på golvet.

"Men … vad?" svarade Ella förvirrat.

”Ser ni barn? Ni har varit så snälla i år, att tomten har lämnat en säck med julklappar till er.”

Ett jubel bröt ut bland barnen och de rusade bort mot Putte. Ella sneglade på fru Ölund. Något var lurt. Det där leendet mellan Putte och föreståndarinnan vittnade om en hemlighet. Nåja det må så vara, det blev en lycklig sådan.

Överraskningarnas man, tänkte Ella ömt. I samma stund vände han sig om och tog ett par stora kliv mot henne.

”God jul Ella”, sa han och gav henne en varm kram.

”God jul Putte!”

17.

Visby maj 1962

Med darrande armar styrde Ella in bilen på parkeringen framför Domus på Östercentrum. En helt ny värld hade öppnats när hon fick körkort. Den gamla bilen var dock inte hennes utan Åkes. Med glimten i ögat hade han sagt att, visst fick hon låna hans vrålåk och det på obestämd tid.

Med ett lätt tryck på knappen till handskfacket for luckan upp och hon plockade ut portmonnän. Efter att ha betalat in den förskotterade hyran för rummet på Klinten, var det inte mycket pengar kvar. Men de skulle nog räcka till mat tills nästa lön betalades ut. Ella stängde luckan och klev ur bilen.

Solen stod högt på himlen och försommarvärmen nådde hennes bara armar. Kanske var det för tidigt att ha kortärmad blus, men det var varmt och hon hade vårkänslor. Ella tittade upp mot den stora skylten. Domus.

Med stor förväntan steg hon in genom dörren. Milde himmel! Hur skulle hon hitta något här eller rättare sagt hitta det hon sökte? Överfyllda hyllor överallt. Så tafatt hon kände sig. Mjölk? För första gången i sitt liv skulle hon köpa drycken från en papperstetra. Stina hade räckt henne en kanna med mjölk att ta med, men Ella hade envist propsat på att handla i stan.

Radioapparater, kläder, garner. Ja, till och med möbler hade hon hittat, men inga mejeriprodukter. Hon rundade en hylla och gångar fyllda med livsmedel öppnade sig framför henne. Äntligen. Ella vägde mjölktetran i handen och ångrade att hon inte hade tagit emot Stinas erbjudande. Hon skulle bli tvungen att köpa två. Nästa gång skulle hon inte tacka nej till gratis mjölk. Så gott om pengar hade hon inte.

Ella räckte fram pengarna till kassörskan. Tanken slog henne att kassörska måste vara ett trevligt arbete. Sitta där och få möta en massa människor, men hennes arbete var ändå det bästa. Det skulle bli så spännande att få komma tillbaka och träffa arbetskamraterna på barnhemmet. Några av barnen hade säkert blivit adopterade och det skulle kännas kluvet. Hon plockade ner varorna i väskan och lämnade affären.

På gatan utanför Domus myllrade det av folk, både gående och cyklister. Det tog en evinnerlig tid innan hon vågade backa utan risk. När hon lämnade parkeringen blev hon tvungen att trampa hårt på bromsen. Förbaskade ungar! Spela fotboll på vägen. Med hjärtat i halsgropen lämnade hon Östercentrum och körde sakta mot Norderport. Trafiken i innerstan var lugnare och hon kunde lättad parkera bilen strax ovanför trappan ner till Domkyrkan. Tack och lov att hon hade tagit med en cykel till stan.

Förväntansfull öppnade hon porten och steg in. Allt var sig likt. Det till och med luktade likadant. Några kuvert låg i en prydlig hög på hallbordet. Hon bläddrade tills hon hittade sitt namn, slog sig ner på en stol och öppnade brevet.

Välkommen!

Vi är glada över att få ha dig som hyresgäst. Eftersom du tidigare bott hos oss och skött dig väl, så kommer du att få flytta in på övervåningen med eget kök och wc.

Vänliga hälsningar från familjen Endrell.

En välmående rysning for genom henne. Det här hade hon inte väntat sig. Tänk att de hade varit så nöjda att de erbjöd henne en egen lägenhet? Hon kunde inte sluta le när hon stretade uppför trappan med sin packning. Det var väl den enda nackdelen, att behöva släpa allt upp till övervåningen, men det var det värt. Så skönt att kunna ha morgonrocken hängande i badrummet utan att den var i vägen för någon annan och att kunna lämna knäckebrödspaketet på bordet. Ja, det fanns många fördelar.

Fröken Ella Nilsson stod det med prydliga bokstäver på dörren. Dörren gnisslade otäckt när hon öppnade den. Det måste hon fixa. Annars skulle hon förmodligen väcka hela huset.

Nämen gud! Vilket litet kök! Så gulligt, hon hade aldrig sett något liknande. Men det fanns allt som behövdes. Skafferi, spis, diskbänk och skåp. Dessutom fanns det ett litet bord med två stolar. Perfekt! Solen lyste genom ett par vita spetsgardiner som gjorde de blåa skåpluckorna mönstrade och den småblommiga tapeten fick henne att tänka på rosenrabatterna i Gothem. Det fanns till och med en köksklocka.

Ella ställde ifrån sig mjölkpaketen på bordet. Nyfiket fortsatte hon in i lägenheten. Rummet var litet, men det fanns en säng, en skänk, en golvlampa och en stor inbyggd garderob. Hon öppnade dörren till badrummet.

Ett badkar! Vilken lyx. Hjärtat bultade av förväntan. Det här hade hon inte räknat med, när hon steg upp i morse. Det vita kaklet blänkte i skenet från lampan över badrumsskåpet. På handfatet låg ett hopvikt vitt badlakan samt en handduk med en papperslapp ovanpå. *Välkommen!* Ella skrattade förtjust.

Steg från hårda klackar ekade från trappan. En bestämd knackning. Tveksamt öppnade Ella dörren. En kvinna med leende röda läppar möte hennes blick.

"Välkommen! Det är väl du som är Ella Nilsson, förmodar jag", sa hon vänligt. "Hjördis Endrell heter jag", sa hon och räckte fram handen.

"God dag! Ja, det är jag som är Ella. Har jag fått fel rum?"

"Nej, lägenheten är din."

"Jag är innerligt tacksam, men …"

"Det är tack vare Olga Ölund. Fröken måste ha gjort ett starkt intryck på henne. Jag ville bara hälsa Ella välkommen och om det är något problem, så hör du av dig till mig." Kvinnan gav Ella ett leende och försvann nerför trappan.

Fundersamt stängde Ella dörren. Vad hade hon gjort som bidragit till fru Ölunds välvilja? Visst var hon tacksam, men lite konstigt var det. Hon vände sig om och fick syn på ett kylskåp under en bänk i hallen. Härligt med eget kylskåp! Bäst att ställa in mjölk och smör med en gång.

Imorgon skulle hon få komma tillbaka till barnhemmet. Träffa personalen och barnen. Och så Putte förstås. Som hon längtat. Lyckligt såg hon i spegeln och möttes av en ung kvinna med rosiga kinder och en riktigt snygg frisyr. Undrar om Putte skulle lägga märke till den nya pagefrisyren?

18.

Ella skyndade uppför trappan till barnhemmet. Hålet på tredje trappsteget och den avskavda färgen vid ytterdörrens ena kant var kvar. Det var som om hon varit här igår. Hon öppnade porten. Klockan på väggen tickade välkomnande. Tjugo i sju. Var hon först av dagpersonalen?

Dörren till köket öppnades och en välkänd gestalt mötte henne.

"God morgon Märta!"

Märtas trötta ansikte bröt ut i ett stort leende. "God morgon! Så roligt att se dig igen."

"Hur har natten varit?"

108

”Det har varit ganska lugnt. Vi har en ny flicka, Pia. Hon har haft det jobbigt med sin astma.”

”Är det många nya barn?”

”Nej, det är bara Pia och Evert. Men pojken blir nog inte kvar så länge. Han fyller sex i augusti och skall flytta över till hemmet med större barn. Lite bråkig men Putte har fin hand med honom.”

En längtan vaknade. Skulle hon få träffa Putte idag? ”Vem är det som har flyttat?”

”Joakim, till Nyköping och Ellen har fått en familj i Havdhem. Nu får du ta över. Jag tänker gå hem. Vällingen är färdig. Står i köket och de andra kommer nog snart.”

”Självklart! Gå hem och sov du. Kommer du ikväll också?”

Märta nickade och gäspade så dubbelhakorna svällde ut.

”Då ses vi i morgon bitti. Sov gott.”

Ella gick in i köket och lade flaskorna i korgen. Med ett leende öppnade hon dörren till nedervåningen. Förväntansfull tryckte hon ner handtaget till barnens sovrum. Så tyst det var. Nattlampans sken föll över Pia som övertagit Joakims plats. Inte värt att väcka henne om hon varit vaken mycket i natt. Dörren öppnades och en späd gestalt uppenbarade sig på tröskeln.

"God morgon. Ursäkta att jag är sen. Jag heter Ulla och är sommarvikarie", viskade kvinnan och plockade åt sig några flaskor ur korgen. "Jag kan dela ut till barnen i andra änden av rummet."

Ella stoppade en nappflaska i munnen på ett barn som girigt grep tag. Likadant med nästa. Ingen att mata? De små barnen hon mindes hade växt till sig och kunde förse sig själva. Lite sorgligt. Det var mysigt att få sitta en stund och känna värmen från deras varma kroppar.

Blicken fastnade på dörren in till Sara. Nu skulle hon äntligen få träffa flickan. Hon sträckte sig efter den sista flaskan i korgen. Bara en flaska kvar? Borde det inte vara två? Äsch! Märta hade nog inte räknat med den nya flickan, eftersom hon behövde sova. Tyst gled Ella förbi Ulla som var fullt koncentrerad på att dela ut flaskor.

Dörren gled upp och hon tittade in i dunklet. På tå gick hon fram till sängen och sträckte fram handen för att smeka flickan på ryggen. Tom? Det högg till i hjärtat. Varför var Sara inte här? Hon rusade tillbaka till det andra rummet.

"Vet du var Sara är?" utbrast Ella oroligt.

"Förlåt? Sara, vem är det?" viskade Ulla tillbaka.

"Hon som brukar ligga här inne", sa Ella något mer sansat.

"Förlåt, men jag har inte en aning. Jag började för en vecka sedan och sen dess har det inte sovit någon där."

Varför berättade Märta inget om Sara? Hade hon också blivit adopterad?

"Jag måste gå upp. Tar du med dig korgen?"

Ulla nickade allvarligt. "Självklart! Jag kommer strax."

Med snabba fötter tog hon sig uppför den branta trappan. Inte en själ syntes till. Var befann sig alla? Men så hörde hon glada röster från köket.

Ella öppnade dörren och möttes av två okända ansikten

"God morgon!" sa de glatt i kör.

"God morgon. Har ni en aning om vart flickan Sara har tagit vägen?"

Den äldre av kvinnorna ryckte på axlarna. "Nej jag är bara sommarvikarie …" sa hon vänligt och tryckte in en lock under huvudduken.

"Jag också!" fyllde den andra i och slog igen locket till kaffeburken.

"Sommarvikarie och sommarvikarie!" suckade Ella irriterat, men ångrade genast sin ovänliga kommentar.

”Förlåt! Jag ber om ursäkt. Ella heter jag och är också vikarie, men har varit här tidigare. Det saknas en flicka.”

”God morgon!” hördes en välbekant röst bakom ryggen.

”God morgon fru Ölund!” hälsade de stramt.

”Se där har vi fröken Ella. Har ni presenterat er för varandra?”

”Jag heter Stina Lund och ska jobba här som kokerska i sommar”, sa den äldre av dem och räckte fram handen.

”Jag heter Maria och ska hjälpa till i köket”, sa flickan. ”Jag är dotter till Stina.”

”Så trevligt! Det kan man faktiskt se. Att ni är mor och dotter menar jag. Som sagt var, jag heter Ella Nilsson och är barnsköterska.”

”Ville Ella något?”, undrade fru Ölund.

”Jag saknar Sara. Barnet som låg i det enskilda rummet.”

” Ja, hon har varit ett stort bekymmer för oss.”

”Varit? Menar fru Ölund …”

”Hon bor fortfarande här, men är för tillfället inlagd på lasarettet. Flickungen blev bara allt magrare och blekare, till slut bara skinn och ben. Vi vet inte vad vi ska göra. Ingen vill adoptera ett sjukligt barn.”

Det högg till i hjärtat. Vad hade hänt? När Ella lämnade barnhemmet hade Sara ätit bra och börjat växa till sig. Flickan hade till och med blivit rosig om kinderna.

”Men hon kommer väl tillbaka?”

Fru Ölund mötte hennes blick och ruskade uppgivet på huvudet.

”Vi får väl se. De skulle höra av sig idag. Men nu är det hög tid att jobba.”

…

Förmiddagen rann undan med tvätt, bad och utevistelse och det var dags för lunch. De andra pratade glatt mellan tuggorna medan Ella våndades inför det väntade samtalet. Fru Ölund var inte här. Kanske satt hon redan i telefon?

En hand lades på Ellas axel. Hon tittade förvånat upp på Ulla.

”Förlåt, det var inte meningen att vara nonchalant. Pratade du med mig?” sa Ella och log ursäktande.

”Hur mår du?” frågade Ulla vänligt.

”Bara lite huvudvärk”, svarade hon, mest för att ha något att säga.

”Kan jag hjälpa dig med något? En aspirin?”

”Tack snälla du, men jag går till medicinförrådet och tar mig något. Så här okoncentrerad kan jag inte vara”, sa Ella och reste sig från bordet.

”Hoppas det snart blir bättre”, sa Ulla medlidsamt.

Ella stängde dörren till lunchrummet. En dörr på övervåningen slog igen och bestämda steg hörde i trappan. Fru Ölund blev synlig.

”Så bra att jag sprang på Ella. Sara kommer tillbaka efter middagen tillsammans med en barnsköterska från lasarettet. Hon ska ge oss råd om flickans fortsatta vård. Jag är inte här då, så det vore bra om Ella kan ta emot dem.”

En tung sten föll från hennes hjärta. ”Absolut! Det ordnar jag.” Ella torkade sig diskret i ögonvrån. ”Jag skulle behöva en huvudvärkstablett.”

”Jag litar på Ella. Hämta en aspirin i förrådet och lämna nyckeln till mig efter det.”

…

Eftermiddagen flöt på och huvudvärken försvann. Hon väntade på att Sara skulle komma tillbaka till barnhemmet. Ett gapflabb bröt ut i korridoren. Ella stängde irriterad dörren till dagrummet. Det var lite för

mycket flams och trams hos sommarvikarierna. Kanske
var hon orättvis men hon saknade den ordinarie
personalen. Men det skulle säkert kännas bättre när Sara
var på plats.

Genom fönstret såg hon taxin svänga in på gården.
Hjärtat slog ett extraslag. Ella skyndade till ytterdörren
och öppnade. En kvinna med silvergrått hår, uppsatt i en
stram knut steg in med Sara i famnen.

"Hej! Jag heter Maria Andersson, barnsköterska.
Kommer från lasarettet med Sara."

"Välkommen! Stig in. Vi kan sätta oss i dagrummet."

Ella gick före in i det spartanskt möblerade rummet och
drog ut en stol vid det bastanta matbordet.

"Varsågod och sitt. Vill du att jag tar flickan?" Spontant
räckte Ella ut armarna mot Sara. Ett par matta ögon
tittade på henne. Inte en blick av igenkännande fick hon.

"Tack gärna! Jag har med mig ett papper från doktorn."

Varligt lyfte Ella Sara ur barnsköterskans famn och lutade
flickan mot sitt bröst. Sara satte sig genast upp, spänd
som en fiolsträng. Förskräckt noterade Ella de mörka
ringarna runt flickans ögon och att läpparna var torra och
nariga. Men gud, hur hade det blivit så? Ella var tvungen
att bita sig hårt i underläppen för att inte tappa masken.

Maria räckte henne ett maskinskrivet papper. "Här är matschemat vi följt och som ni rekommenderas fortsätta med."

Ella nickade, rädd att rösten skulle brista.

"Sara är även ordinerad järn och vitamintillskott. Värdena har varit kritiska, men är nu under kontroll. Ni måste se till att hon får i sig allt hon behöver."

"Det är svårt att mata någon som vägrar ta emot. Men vi ska naturligtvis göra vårt yttersta."

Maria log milt och såg med medlidande på Sara. "Jag förstår! Vid några tillfällen har vi varit tvungna att sondmata henne. Tyvärr har man inte hittat några specifika fel på flickan. Kan vara så att hon är svagbegåvad. Vi får väl avvakta och se."

Det värkte i Ella av medkänsla. Längtan efter att få krama Sara beskyddande var stark.

Maria reste sig upp och gav Sara en klapp på kinden. "Jag är tvungen att åka tillbaka nu, mitt arbetspass är inte slut. Lycka till. Är det något problem kan du ringa numret som står på pappret jag gav dig."

Sara hängde tungt på Ellas arm när hon reste sig för att följa barnsköterskan till dörren. Maria vände sig om, smekte Sara lätt på kinden, sa adjö och stängde dörren.

”Så lilla vän”, sa Ella och tittade ömt på flickan som somnat. Försiktigt lutade hon flickan mot sin axel. Hon borde väl lägga henne i sin säng. Några barn hade redan nattats, medan en del var fullt sysselsatta med tandborstning.

Ella gäspade. De hade varit en lång dag. Om det inte hade varit för Sara hade hon redan varit hemma. Kanske hade hon legat i badet. Nu fick hon vackert bli kvar tills nattpersonalen tog över. Men hon kunde ta det lugnt. Det fanns en extra barnskötare på kvällen, så hon behövde inte hjälpa till med nattningen av de andra barnen.

Med flickan på armen gick hon in i dagrummet och slog sig ner i en fåtölj. Klockan på väggen tickade rogivande. Kvart i åtta. Det var ännu ljust ute. Artonde juni och kommande helg var det midsommar.

Ella vaknade av att någon klappade hennes arm och tittade yrvaket upp.

”Ella. Det är dags att gå hem”, sa Märta leende.

Förvirrat såg Ella på Sara. ”Oj … jag slumrade visst till.”

”Ingen fara! Dagpersonalen har gått hem. Lilla Sara ser ut att sova gott”, sa Märta och lyfte flickan ur Ellas famn. ”De andra har rapporterat, så du kan gå hem. Vi ses i morgon bitti.”

”Tack! Det ska bli skönt. Det har varit en lång dag.”

19

Dörren till barnhemmet slog igen. Den ljumma vinden fläktade hennes trötta ansikte. Ella grävde i jackfickan och fick fatt i cykelnyckeln. Dumt av henne att inte ha satt den till en nyckelbricka. En vacker dag skulle hon förmodligen slarva bort nyckeln.

Fånigt stirrade hon på det tomma cykelstället. Hade hon …? Nej, det kunde inte vara möjligt. Det andra stället var längre bort. Trots ett starkt tvivel gick hon runt huset, men naturligtvis stod cykeln inte där.

Ella blängde på cykelstället, suckade och började gå hemåt. Som tur var, så var det inte långt. Backen ner till Norderport gick lätt. En frisk fläkt från Östersjön fick henne att tänka på tidigare somrar med långa dagar bestående av cykelturer och bad längs kusten. I år fick det bli arbete och bad i Visby. Norderstrand var nära, bara ett stenkast hemifrån och ville hon bege sig lite längre iväg fanns Snäckgärdsbadet.

Försiktigt öppnade hon porten och smög uppför trappan. De andra kanske inte ens var hemma, men hon visste bestämmelserna. Det skulle vara tyst efter klockan nio.

Dörren gled lätt upp utan att gnissla. I all hast borstade hon tänderna, klädde av sig och kröp ner i sängen. Det skulle bli så skönt att få sova. Ella puffade kudden, drog filten och lakanet om sig och tog ett djupt andetag. Minuterna gick, ingen sömn. Varför hade inte Putte dykt upp idag? Hon hade varit så strängt upptagen av Sara att hon totalt glömt av honom. Förhoppningsvis skulle han komma i morgon.

En fluga surrade ettrigt vid fönstret.

"Ja, du får vara där till i morgon. Om jag kommer ihåg, så ska jag släppa ut dig." Hon gäspade stort och kände den välkomnande sömnen komma krypande.

…

Ella tvättade händerna noggrant efter toalettbesöket. Hon kastade en nervös blick i spegeln, slätade till håret och lämnade toaletten. Det kändes lite olustigt att bli inkallad till fru Ölunds kontor utan att veta varför. En skrattsalva bröt ut från personalrummet där de andra redan satt och åt frukost. Skulle samtalet dra ut på tiden blev hon tvungen att sitta ensam. Men det kunde vara skönt. Motvilligt gick hon trappan upp.

Dörren in till föreståndarinnans rum stod på vid gavel och på radion spelade en glad melodi. Ella sög in den friska vinden från det öppna fönstret och knackade försiktigt på dörrkarmen. Fru Ölund öppnade hastigt ögonen och såg upp på Ella.

"Ella kan sätta sig", sa fru Ölund och pekade på stolen på andra sidan skrivbordet.

Hon slog sig ner och log nervöst.

"Hur tycker Ella att det går? Det märks att hon värnar barnen. Ella har väldigt god hand med Sara. Mycket glädjande att barnet har börjat äta igen."

Varför undrade fru Ölund hur det gick? Hade någon klagat? Det var bara tre veckor sedan hon började men nog kände hon sig varm i barnsköterskeuniformen.

"Det känns bra. Har någon…?"

Fru Ölund viftade avvärjande med handen.

"Jag ska ta ut två veckors semester", sa fru Ölund snabbt och sköt upp glasögonen på huvudet. "Skulle Ella kunna tänkas hålla ställningarna tills jag kommer tillbaka?"

Förvånat mötte hon fru Ölunds blick.

"Ska jag ersätta fru Ölund under semestern?"

"Det är ordning och reda med Ella och den övriga personalen verkar känna ett stort förtroende för henne."

Det hettade till i kinderna av lycka.

"Om fru Ölund anser mig kapabel så ska jag göra mitt yttersta."

Det knackade lätt på dörrposten.

”God morgon mina vackra damer!” sa en välbekant röst.

Putte! Ella vände sig hastigt om. Men herregud. Nyklippt och fin skjorta. Deras ögon möttes. Fjärilarna fladdrade inombords och hjärtat gjorde en frivolt. Hon hade verkligen saknat honom. Hans leende gjorde henne knäsvag. Vilken tur att hon satt.

”God morgon Per-Erik! Var så god och kom in”, sa fru Ölund.

”Ella blir inte ensam i sitt arbete. Per-Erik har lovat att vara behjälplig. Sommarvikarierna är duktiga men känner inte till allt. Jag tror och hoppas på er två. Så gör mig inte besviken.”

Putte vände sig mot henne och räckte ut handen. ”Jag Putte Blom lovar och svär att göra allt i min makt för att tillsammans med denna kvinna ro allt i land.”

Värmen spred sig som en löpeld genom kinderna. Fru Ölund drog på mun.

”Ella kan gå ner och äta frukost. Jag kommer att lämna ytterligare direktiv när det är dags att ta över.”

Ella reste sig från stolen.

”Tack!” Fötterna var med ens betydligt lättare och hon svävade ner för trappan. Det var svårt att ta in fru Ölunds ord. Visst hade hon sagt att de övriga kände ett stort förtroende för henne? Vilken möjlighet. Ella skulle göra allt för att fru Ölund skulle bli nöjd.

"Där är du ju!" sa Stina och öppnade dörren för henne in till personalrummet.

"Kaffe?" frågade Ulla leende och satte fram en kopp på bordet.

"Tack gärna! Jag har varit hos fru Ölund."

"Vi misstänkte det. Tyvärr blir du tvungen att sitta ensam. Det är dags att fortsätta jobba."

Ella nickade. "Ingen fara! Tack för att ni sparade kaffe till mig."

Hon slog sig ner, sträckte sig efter den sista smörgåsen i brödkorgen och lutade sig tillbaka. Tankarna snurrade vilt. Skulle hon klara av sitt uppdrag? Tänk om hon hade tagit sig vatten över huvudet? Ella tog ett djup andetag. Fru Ölund trodde på henne och hon skulle få all information hon behövde. Dessutom hade hon Putte till hjälp. Bara hans namn fick hjärtat att slå ett extraslag.

20

Ella satte sig upp direkt när klockan ringde. Det hade inte blivit många timmars sömn. Inte så bra att börja sitt pass som föreståndarinna i detta tillstånd när hon behövde vara skärpt. Schemat hon fått innebar en hel del ansvar utöver det vanliga.

Hon låste dörren till lägenheten och sprang nerför trappan. Klockan var bara tjugo över sex och hon hade gott om tid, men det fanns ingen anledning att sitta hemma och vänta. Solens strålar välkomnade henne med ett bländande ljus. Idag skulle hon och Sara åka till lasarettet för provtagning. Flickans utveckling hade börjat vända till det bättre. Sköterskan på barnmottagningen hade föreslagit att Ella skulle lämna Sara för att sedan hämta henne när hon var klar. Men till hennes lättnad tyckte fru Ölund att Ella skulle stanna hos barnet tills allt var klart. Skulle de någonsin kunna få tag i någon som ville ta över vårdnaden för flickan måste hon bli frisk.

En biltuta ekade mellan husen följt av skrikande däck. Förskräckt hoppade hon till när hon såg bussen bakom sig. "Åh! Herregud."

Genom bussens fönster mötte Ella generat passagerarnas blickar och slog ursäktande ut med händerna. Kineser eller japaner, hon visste inte så noga. Busschauffören gav henne en irriterad blick och körde vidare. Usch, det var nära ögat. Benen darrade så fruktansvärt så hon fick gå istället för att ta cykeln.

Vägen in till barnhemmet kändes annorlunda. Vem hade kunnat ana att hon, tjejen från Gothem skulle ersätta föreståndarinnan under sitt första riktiga sommarjobb. Ella mötte sin spegelbild i glasrutan på ytterdörren och lyfte på hakan. Ingen skulle få märka hennes osäkerhet.

Hon öppnade dörren och fick syn på Ulla. "God morgon! Är du redan här?"

"God morgon! Redan? Klockan är kvart i sju. Ska jag göra i ordning Sara först?"

Ella skakade på huvudet. "Jag vill väldigt gärna ta hand om henne själv. Så kan ni lägga lite extra tid på de andra istället." Med ett leende skyndade Ella ner till Sara.

Flickan satte sig upp och sträckte ut armarna mot henne. Ella log och strök flickan över det rufsiga håret.

"Så du vill gå upp?" Sara nickade och kröp villigt upp i hennes famn. "Så bra! Då går vi till badrummet och tvättar av dig."

Med Sara i ett stadigt tag gick hon uppför den rangliga trappan och knuffade upp dörren med armbågen. En duns följd av en svordom hördes. Åh nej, inte nu igen. Med en ursäktande min såg hon på Putte som höll handen för näsan.

”Nämen är det inte flygande faran och lilla grodan som kommer rusande? Skulle allt se illa ut om jag blev tvungen att gå omkring med näsan i paket.” Putte tog bort handen från ansiktet. ”Har min vackra näsa blivit platt som en pannkaka? Var ärlig.”

”Förlåt. Men är det inte dags att laga trappsteget snart? Det är inte säkert att gå där.”

”Vad menar du? Är ett trappsteg trasigt? Äsch! Du skojar med mig.”

Putte böjde sig fram, vindade mot Sara ”Lilla grodan”, sa han med pipig röst och kittlade henne på magen.

Sara brast ut i ett bubblande skratt och sträckte armarna mot honom.

”Nej, lilla gumman. Det hinner vi inte nu. Du ska göra dig ordning, för vi ska ut och åka bil”, sa Putte och fortsatte killa Sara i magen.

Kiknande av skratt slog Sara mot Putte samtidigt som hon höll ett bestämt tag om Ellas hals.

”Ja, nu får vi skynda oss. Det skulle se ut om vi kom för sent till vårt besök på barnmottagningen”, sa Ella och log.

De var först till badrummet men de andra barnen var i antågande. Flickan klev upp på pallen framför handfatet och vred på kranen.

”Vill du försöka själv?” Sara ruskade på huvudet och stod snällt kvar medan Ella tvålade in henne med en tvättlapp. ”Här får du också en lapp. Vi kan hjälpas åt tycker jag.” Tveksamt tog Sara emot den men övervann snart sin osäkerhet och gned för glatta livet. Efter den grundliga skrubbningen tog Ella lappen ifrån henne. ”Så där ja! Nu får det vara bra. Vill du klä på dig själv?” Sara ruskade bestämt på huvudet. Ella satte på henne kläderna och drog borsten genom håret.

Dörren till badrummet öppnades och Ulla tittade in. ”Putte hälsar att taxin är framkörd.”

”Taxin? Äsch! Hälsa att vi kommer alldeles strax. Förresten kan du ta med Sara till huvudingången? Jag ska bara hämta min jacka och handväska.”

Ulla nickade och sträckte ut handen mot Sara som tittade förvirrat på Ella.

”Jag kommer strax. Följ med Ulla ut till Putte”, sa Ella och skyndade iväg.

Hon gled in på fru Ölunds kontor, som för två veckor framåt var hennes. En snabb blick i väskan. Ja, allt var med. Dags för provtagning på lasarettet.

”Hej på er för en stund. Önska mig lycka till”, sa Ella till arbetskamraterna när hon skyndade förbi i korridoren.

”Det kommer att gå bra. Du har sådan bra hand med Sara” sa Ulla lugnande.

Ella steg ut på trappan och fick syn på Putte hukande i dörröppningen till baksätet. Saras skratt klingade glatt och hon kunde inte låta bli att dra på mun. Med raska steg var hon framme vid bilen och uppmärksammade inte att Putte i samma ögonblick backade. Kvickt tog hon ett steg åt sidan.

”Oh! The Queen. I´m so sorry”, sa Putte och gjorde honnör.

”Vad?”

”Pssst! När man har självaste prinsessan av Visby här i bilen, då måste väl du vara drottningen?” sa Putte och blinkade till Sara.

”Tok!” skrattade Ella.

Hon makade sig intill Sara i baksätet och Putte stängde bildörren. Han klev in bakom ratten och såg i backspegeln. De mörkbruna ögonen fick hjärtat att slå ett extraslag. Herregud, vad gjorde karln med henne? Blicken drogs till hans stora händer som lugnt lade i en växel och rattade ut från gården. Platsen i baksätet gav henne fri tillgång att studera mannen hon annars inte vågade se närmare på. Den kortärmade skjortan och de bruna håriga armarna, halsen, de breda axlarna och det markerade adamsäpplet.

”Vi är framme!”

Utan att hon märkt det, hade han stannat framför ingången till lasarettets entré. Hon mötte hans blick och det hettade oroväckande i kinderna. Han svarade med att ge henne ett lurigt leende.

”Mina damer, det är dags att stiga ur.”

Ella fumlade efter dörrhandtaget och slog upp dörren med en knuff som gjorde att dörren for igen, oturligt nog med fingrarna emellan.

”Aj!”

Putte for ur bilen och höll upp dörren.

”Hur gick det?”

Med tårar i ögonen bet hon ihop för att inte brista i gråt.

”Det gör ont. Men det är nog inte så farligt.”

Ella kände Saras armar runt halsen och svalde hårt medan Putte tog hennes hand och synade den.

”Det gick inte hål i alla fall”, sa han och blåste lätt på fingrarna.

”Vilken tur”, pustade hon och torkade bort en irriterande tår ur ögonvrån.

Putte såg bekymrat på Ella.

”Klarar du dig? Vill du att jag går med in?”

Hon ruskade på huvudet och ställde ner flickan.

”Är du redo Sara?” Flickan nickade och räckte tveksamt fram handen. ”Vi kan hålla i den andra istället, den gör det inte ont i”, sa Ella och höll fram sin oskadade hand.

Puttes närhet hade gjort henne svag i benen. Eller var det kanske olyckan?

”Jag kommer och hämtar er när ni är färdiga. Och vad vankas då?” sa Putte glatt.

Saras ögon började stråla. ”Glaaass!” utbrast hon lyckligt.

”Tack! Då ses vi sen”, sa Ella darrigt.

Hon fortsatte mot ingången utan att vända sig om. En blick till från honom skulle troligtvis få henne på fall.

Efter att ha anmält sin ankomst slog de sig ner i väntrummet. Sara kröp upp i hennes knä och tryckte sig nära intill. Allt lugn Ella tidigare känt var borta. Tänk om flickan ännu var sjuk? Sara blundade och en lätt snarkning undslapp från henne öppna mun. Nej, nu skulle hon inte oroa sig i förväg. Allt var säkert bra med barnet.

Ella sträckte på sina ömmande fingrar. De hade antagit en rodnande ton. Tanken på Puttes varma hand runt hennes lindrade en aning.

En sjuksköterska kom in i väntrummet.

"Hej! Jag heter Monica. Har vi Sara här?"

"Hon sover", viskade Ella och reste sig stelt med flickan i famnen.

"Det gör inget. Vi går in, så vaknar hon nog snart."

Sara tittade upp och log ett trött leende.

"Nica!"

"Hej Sara! Då var det dags igen."

Ella såg oroligt på Sara, men ingen protest utbröt.

"Du kan väl sätta dig på stolen intill bädden?" sa sköterskan och tog Sara ur hennes famn och lade flickan på britsen. Ella nickade och satte sig. Sara tog Ellas hand medan sjuksköterskan tvättade armvecket med spritlösning. Rädd för att förlora lugnet valde Ella att vara tyst. Flickan smekte försiktigt över Ellas skadade fingrar. Sjuksköterskan tog fram provrör och nål. Efter en blick på Ella förde hon nålen mot huden.

"Nu sticker det till en aning."

"Iiiiiih! Vem var det som skrek?" utbrast Ella förvånat.

”Du!” sa sköterskan och pekade på Ella.

Saras ansikte drog ihop sig och ett bubblande skratt bröt ut.

”Hur är det?” frågade sköterskan och plomberade provröret.

”Var det verkligen jag som skrek?” Hon kände hur kinderna hettade.

”Inget att skämmas över. Det är väl första gången du är med och då kan man vara lite spänd. Men som du ser, Sara är van och du gav henne ett gott skratt.

Sara strök med fingret över plåstret i armvecket.

”Du har varit lika duktig som vanligt flicka lilla! Nu får du välja något ur denna”, sa Monica och ställde en låda med glittrande bokmärken och små figurer i, på britsen intill Sara.

Sjuksköterskan såg på Ella och drog på mun.

”Sara ser ut att ha repat sig bra. Hon har gått upp ett kilo sedan förra besöket. Dessutom har hon blivit fin i färgen.”

Flickan plockade nöjt i lådan. Ella strök henne över håret.

"Det låter underbart. Vi har en personal som är extra ansvarig för flickan och det verkar ha varit bra för henne."

Monica nickade och kastade en blick på klockan.

"Nu är det dags för nästa patient. Du får hälsa till de andra att allt ser väldigt bra ut. Vi hör av oss när vi fått svar på proverna.

Monica vände sig mot flickan. "Hur går det Sara, har du hittat något fint?"

Sara velade mellan ett glittrigt bokmärke med en baby i vagga eller en rödvit garnboll.

"Eftersom det var första gången för Ella och även hon var duktig, så får du båda", sa Monica och log mot Sara.

"Då var vi färdiga då", sa Ella och lyfte Sara från britsen. Med den färgglada bollen i sin hand vinkade flickan till Monica när de lämnade barnmottagningen. Så otroligt skönt att komma ut i friska luften igen. Ella tog några djupa andetag, kände hur spänd hon var i varenda muskel. Fantastisk personal. Hon var imponerad över hur lugnt Monica handskats med Sara.

"Hallå! Här är jag", ropade någon en bit bort.

Generat såg Ella upp och fick syn på Putte.

"Förlåt, jag går visst i andra tankar."

”Jaså? Då skänker jag en vacker silverpeng för dina tankar.” Han öppnade den bakre dörren på bilen och tog Sara ur hennes famn.

”Jag är inte säker på att de är värda så mycket”, sa Ella och skrattade till. Hon klev in i baksätet och tog emot flickan. Sara slog armarna om hennes hals.

”Du ser lite blek ut. Var det besvärligt?” undrade Putte.

Ella mötte hans bekymrade blick och ruskade på huvudet.

”Absolut inte! Allt har gått jättebra. Sara har varit väldigt duktig.”

”Tänk att det visste jag redan. Den flickan är alltid duktig. Vad ska vi få när vi kommer hem?” sa Putte och tryckte fingret på Saras näsa.

”Glaaaass!”

Putte stängde bildörren och satte sig tillrätta på förarplatsen. Ella undvek hans sökande blick i backspegeln, rädd att hennes känslor skulle avslöjas.

21

Det var eftermiddag och Ellas näst sista dag som föreståndarinna på barnhemmet. Dagen till ära hade ett tält slagits upp på gården. I ett svagt ögonblick hade hon gått med på en övernattning. Det var hon, Putte och sex barn som skulle campa för en natt. Tveksamt tittade hon mot tältet där Putte och två av barnen bar in kuddar. Först hade det låtit spännande, men nu började hon ångra sig. Hon hade aldrig sovit i tält och nu skulle det dessutom bli tillsammans med Putte. Visserligen skulle de ligga i var sin ytterände. De minsta barnen skulle inte vara med.

Ella sträckte sig efter termosen, hällde upp en kopp kaffe, lutade sig tillbaka mot ryggstödet och blickade upp i den stora trädkronan. Så skönt att sitta här i skuggan när solen gassade. Flugor, getingar och andra insekter surrade högt uppe bland bladen. Hon blundade och lyssnade till fågelsången.

Puttes glada visslande hördes på avstånd när han förberedde kvällens mat. På menyn stod Bullens korv, värmd i kastrull på spritkök och serverad med bröd. Mjölken var tänkt att drickas ur kåsa. Efter måltiden skulle Putte berätta spökhistorier men Ella var osäker på om det var en bra idé. Barnen hade jublat vid förslaget men det återstod att se om det var lika positivt ikväll. Sanningen att säga, var hon mörkrädd.

”Sitter du och sover?”

Ella tittade upp i ett par mörkbruna ögon. ”Vad! Nej absolut inte. Jag tog mig en kopp kaffe i skuggan bara. Kafferast.”

”Ditt kaffe har nog svalnat färdigt”, sa Putte lugnt och satte handen runt hennes kopp.

”Jag kan försäkra dig. Det är precis lagom”, sa hon och ruskade på benet som somnat.

”Jaja, säger du det så. Det är dags att äta Bullens korv. Hämtar du ut barnen?”

”Redan …?”

”Hm … ja klockan är lite mer än halvfem.”

”Hur är det möjligt? Har jag …”

”Jag hade inte hjärta att väcka dig. Du behövde nog ladda inför kvällens eskapader.”

Ella reste sig hastigt, slet åt sig koppen med det kalla kaffet och gick med raska steg mot ingången.

Usch! Nu hade hon verkligen gjort bort sig. Sova bort en timmes arbetstid. Ella rättade till klädseln, slätade till håret och skyndade in till barnen som satt och väntade i dagrummet tillsammans med Ulla och Anna.

"Det blir ett långt arbetspass för dig Ella. Hoppas att ni kan få sova något under natten", sa Anna och plirade med ögonen.

Alla barnen utom Evert skockades förväntansfullt runt Ella.

"Vi ska gå ut till Putte. Där väntar han med korv och bröd. Är ni redo?" sa hon och log mot dem. Barnen nickade glatt och följde lydigt efter henne ut på trappan. "Skynda er! Spring ut till Putte."

Hon skulle stänga dörren ut till gården när hon fick syn på Evert som stod och blängde surt i dörröppningen.

"Vill du inte gå ut?", frågade hon vänligt. Han ruskade tjurigt på huvudet.

I samma stund hörde hon Putte ropa.

"Var är Evert, min kompanjon? Jag kan inte servera korv själv, då kommer de att spricka." Everts ledsna ögon lyste upp. Utan ett ord följde han med Ella ut på gården. Barnen hade redan satt sig på filten framför den sjudande kastrullen. Det sög till av hunger när hon drog in den goda korvdoften i näsan.

Putte rörde i kastrullen iklädd förkläde med ketchupfläckar och på huvudet tronade en kockmössa.

”Evert! Kom hit så ska du få din uniform”, sa Putte glatt och höll upp ett förkläde. Evert stod snällt stilla tills munderingen var på.

”Så där ja! Nu kan du fiska korv ur kastrullen. Ni andra sitter stilla på filten och väntar. Alla ska få. Ingen blir utan.” Noggrant och metodiskt gick Evert tillväga medan han solade sig i Puttes beröm.

”Är ni hungriga?” sa Putte. Barnen nickade ivrigt och sträckte fram sina händer, vartefter Putte allt efter önskemål la på senap och ketchup. ”Vill fröken Ella ha korv?”

”Tack gärna! Det ska bli jättegott.”

”Minsann! Jag kanske ska hämta en burk till?” sa Putte och blinkade.

”Men herregud! Ser jag ut som ett matvrak?”

”Förlåt min sköna. Det var verkligen inte meningen att förolämpa. Nu ska vi ha det trevligt, för vi kan inte ha bråk i tältet i natt. Det håller det inte för. Eller hur barn?”

Barnen skrattade och tog villigt emot mer av den goda korven.

Ella insåg att hon måste skärpa sig. Det gick inte an att vara en glädjedödare.

”Tack! Matvraket tar gärna en till, om det går för sig?”

Ella blinkade yrvaket mot mörkret. Vad kunde klockan vara? Trevande längs utsidan av madrassen hittade ficklampan. Hon tände lampan och försökte utskilja armbandsurets visare. Halv tolv. Inte mer?

Det var det här hon hade fasat för, att vakna kissnödig mitt i natten. Men hon hade inget val. Fumligt kom hon upp på alla fyra och kröp mot tältöppningen. Trevande längs dragkedjan fick hon fatt i tampen och förde den uppåt. Tyst som en mus ålade hon sig genom öppningen. Vinden smekte hennes kind. Vad mörkt det var! Kvickt drog hon ner blixtlåset på tältet. Låset skärvade lite på slutet men med ett bestämt ryck gick tampen ner.

Med nyckeln i ena handen och ficklampan i andra sprang hon mot utedasset. Hon förde runt vredet på dörren och den gled upp med ett gnissel. Här hade hon aldrig tidigare varit. Förvånad såg hon hur fint det var med trasmatta och en liten bänk. Ella makade sig tillrätta över hålet och slappnade av. Lampans sken föll på en blå keramikskål och kanna. På väggen intill hängde några handdukar med namnlappar fastsatta ovanför. Med spretiga bokstäver stod det skrivet *Fröken Ella*. Hjärtat slog ett extraslag. Var det Putte som hade ordnat med detta också? *Farbror Putte* stod det på lappen bredvid hennes. Skrattet bubblade i halsen. Nästan som om de hörde ihop. Vilken man. Han hade tänkt på allt, medan hon själv suttit och sovit i trädgårdsstolen. Skamset mindes hon hur oförskämt avig hon varit när han väckte henne.

På avstånd hördes ljudet från en hackande bilmotor. Blicken föll på glipan i den blårutiga gardinen när en blixt lyste upp himlen. Ett öronbedövande muller bröt ut. Herregud! Putte och barnen. De måste genast gå in. Hon tvättade händerna i alla hast.

En kraftig blixt korsade himlen när hon steg ut på trappan och en smäll utan dess like gjorde henne paralyserad för några sekunder. Redan på håll, trots det ringade ljudet i öronen hörde hon barnens hysteriska skrik. "Hjälp! Vi kommer inte ut."

Stora vattendroppar blötte ryggen medan hon sprang över gården. Herregud! Hade hon låst in dem? Men var gjorde hon av nyckeln?

"Jag kommer, måste springa tillbaka. Glömde nyckeln på dasset!" ropade Ella högt i ett försök att överrösta de panikslagna barnen.

Hon ryckte upp dörren och med ena foten inne på dasset, slet hon åt sig nyckeln och rusade tillbaka. Hela gården hade förvandlats till en stor pöl. Hur kunde det slå om så fort? Det klickade till i låset och hon drog i all hast upp dragkedjan. Den tilltagande vinden slet av en tältlina vilket fick ena sidan att säcka ihop.

"Skynda er! Tältet rasar", ropade Putte barskt och höll upp tältöppningen för barnen. Sist av alla kröp han själv ut och knuffade Ella omilt åt sidan.

”Förlåt, det var inte mening…”, stammade Ella med gråten i halsen och skyndade efter.

Regnet upphörde lika fort som det kommit och allt blev åter kav lugnt.

”Herregud vilket väder! Jag undrade just hur ni tänkte göra”, sa Märta och höll upp dörren för dem.

Ella såg på barnen och Putte där de stod i dyngsura nattsärkar och drog på munnen. Putte mötte hennes ögon och fick något varmt i blicken. Smått förskräckt sneglade hon ner på sin särk. Herregud! Den var näst intill genomskinlig. Märta räckte henne en filt, vilken hon hastigt svepte runt sig. Först då vågade hon titta upp.

”En sak är säker. Den här natten lär jag aldrig glömma”, sa Putte och log brett.

”Se till att få något torrt på er. Jag hjälper barnen”, sa Märta och föste ungarna framför sig.

På snabba fötter sprang hon hela vägen upp till omklädningsrummet. Gud så pinsamt. Ella hade stått där halvt blottad inför hela skaran. Lättad fick hon av sig det blöta nattlinnet och satte på sig torra kläder. Hon vred ur vattnet från särken över handfatet och hängde upp den på tork. Var hade ovädret kommit ifrån? Väderleksprognosen hade lovat en fin natt, inte detta inferno. Usch! Vad kall hon var. Ella virade filten om sig och lämnade omklädningsrummet.

Halvvägs ner i trappan slocknade ljuset. Åh nej! Inte strömavbrott också. Hon kramade handen hårdare om ledstången. Vilken natt. Det var ju sommar, det borde inte vara så här mörkt. Försiktigt fortsatte hon ner. En flämtande låga lyste upp i trappan.

"Hur går det för dig?" hördes Puttes lugna stämma.

"Jag kommer! Vågar inte släppa ledstången."

Hon kom ner lyckligt och väl och mötte leende hans blick.

"Tack. Så omtänksamt av dig att komma upp med ljus." Ella påmindes om hans tidigare irritation och tittade ner i golvet. "Jag ber om ursäkt …"

"Snälla du. Är det någon som ska be om ursäkt så är det jag", sa Putte och lade en varm arm runt hennes axlar.

"Det var jag som ställde till det med att låsa in er."

Putte tittade bort.

"Usch! Jag skäms över mitt beteende, men är det något jag är rädd för, så är det åskan."

Hans varma blick fick henne att flämta till. "Se där. Nu höll du på att blåsa ut vårt enda ledljus", skrattade Putte.

De gick in i dagrummet och möttes av en välkommen
brasa i kakelugnen.

”Ligger barnen till sängs?” Ella hann inte mer än ställa
frågan när hon fick syn på dem, tillsammans på en
madrass med varma filtar om sig.

Märta ställde brickan med muggar på matbordet.

”Det kunde man ju inbilla sig. Att de skulle kunna sova
efter denna händelserika natt? Jag har gjort varm kakao.
Kan det vara något för er också?”

Putte och Ella nickade. De satte sig på madrassen intill
och tog villigt emot var sin mugg rykande varm choklad.

”Så tokigt det kan bli. Det här hade ni inte räknat med,
eller hur?” sa Märta och lyfte muggen till en skål.

”Nej! Verkligen inte. Men vi lär för alltid komma ihåg
denna natt”, sa Putte och gned sin arm mot Ella. ”Eller
vad säger du Ella?” Ella log lyckligt.

Den varma kakaon gjorde susen. En halvtimme senare
sov barnen huller om buller på den stora madrassen.
Märta gick runt och stoppade om barnen för att sedan
önska Putte och Ella god natt.

”Ja då var vi ensamma då”, sa Putte och lyfte på sin filt.
”Kom min sköna, så skall jag hålla dig varm i natt.”

Ella skrattade generat men lade sig lydigt under filten. Putte gäspade stort och drog in henne i sin famn. Hon låg stilla och lyssnade till hans hjärtslag. Det skulle aldrig gå att somna med honom så nära intill.

"Jag tror att jag måste flytta på mig en aning", viskade hon och sträckte på sig. Ingen reaktion. Hade han redan somnat? Försiktigt förde hon hans arm åt sidan och la sig tillrätta. Nu skulle hon nog kunna somna hon med.

…

Ella vaknade av att solen kittlade hennes ögonlock. Puttes arm låg stadigt runt henne. Alla sov än. Hon tittade på väggklockan. Halv sju! Då skulle snart dagpersonalen komma. Varför hade inte Märta väckt dem?

"Putte! Du måste vakna", sa hon nervöst och ruskade hans arm. Han öppnade ögonen och gav henne ett leende som gjorde henne knäsvag.

"Jag släpper dig bara om du lovar att följa med på bio imorgon kväll", sa han barskt och harklade sig.

Ella skrattade.

"Det gör jag gärna. Men nu måste jag börja jobba innan personalen dyker upp."

22.

7 augusti 1962

Tårarna brände bakom ögonlocken när Ella såg på sina arbetskamrater. Hon vände sig om och satte blombuketten i en vas på bordet. Det var ett tungt beslut att sluta på barnhemmet. Men möjligheten att få utbilda sig till sjuksköterska genom Röda Korset vägde tyngre.

"Ella ska veta att vi är mycket nöjda med hennes insats här på barnhemmet", sa fru Ölund och räckte henne ett kuvert.

Nyfiket öppnade Ella brevet.

"Jag antar att Ella behöver en bostad när hon ska studera i Stockholm. Min syster Agda har en liten etta inne i Gamla stan, vilken står tom för tillfället då hon bor i Spanien."

"Är det sant?", Ella kvävde en flämtning och såg storögt på fru Ölund.

"Man hittar inte på sådana saker", sa fru Ölund och log.

"Tack snälla." Utan att tänka kastade sig Ella om halsen på fru Ölund.

Fru Ölund stelnade till, besvarade tafatt kramen och släppte taget.

"Per-Erik är också involverad i överraskningen. För vad jag kan förstå, lär det bli en del resor mellan Gotland och Stockholm för er två. Det är bra om ni slipper dyra hotellnotor", sa fru Ölund.

Det hettade till i kinderna.

"Åh! Nu känner jag mig jättedum", stammade Ella och viftade ivrigt med händerna."

Alla brast ut i ett förlösande skratt.

"Vi kommer att sakna dig", utbrast Åsa och kramade henne. De andra nickade instämmande.

"Om vi skall hinna bli färdiga med arbetet innan skiftet är slut bör vi äta marsipantårtan nu", sa Ulla och räckte Ella tårtspaden.

Ella skar en bit tårta och lade på sin assiett. En arm gled in runt livet på henne. Förvånat vände hon sig om.

"Så du skräms!"

Putte log och plockade upp den röda marsipanrosen och lade den på hennes tårtbit.

"Den måste vara din. Vackert ska vackert ha. Nu matchar du den röda rosen", viskade han lågt och smekte hennes kind. Hon skrattade generat och satte sig vid bordet. Under prat och skratt försåg sig alla av tårtan.

Den gröna marsipanen tillsammans med den vispade grädden smakade ljuvligt. Det hade inte varit fel med en bit till, men tårtan var slut.

"Dags att återgå till arbetet", sa Åsa och ställde ifrån sig kaffekopp och fat på vagnen.

"Tusen tack för de fina blommorna, tårtan och inte minst för lånet av lägenheten", sa Ella och försökte blinka bort en tår ur ögonvrån.

En efter en lämnade personalrummet och till slut var det bara hon och Putte kvar.

"Hur känns det?" sa Putte och lade armen om hennes axlar.

"Det är kluvet. Det ska bli så spännande att få studera i Stockholm, men jag kommer att sakna hemmet, alla barnen och dig." Tårar bröt fram ur ögonvrårna.

"Seså! Inte ska du vara ledsen. Hemmet finns kvar och vi kommer att fortsätta att träffas. Det var väl bra att du kunde låna moster Agdas lägenhet?" sa Putte och torkade bort en tår från hennes kind med fingret.

"Det är så otroligt snällt. Du har varit det bästa stöd jag kunnat ha. Tror du att jag kommer ro det hela i land?" viskade Ella och lade sitt huvud mot hans bröst.

Putte strök henne över håret. "Finns det någon som klarar det, så är det du. Jag är bombsäker. Min egen sjuksköterska! Aldrig mer ska jag behöva oroa mig över småsår, för då kommer du med förbandslådan och plåstrar om mig."

"Plåstra om sår, det kan jag göra idag. Det är nog lite mer avancerat än så."

"Åja! Du ska inte förakta små sår och tuvor. De kan stjälpa allt över ända, kom ihåg det."

Hon tittade upp i hans mörka ögon. Kände den varma andedräkten och drog efter andan. Försiktig sträckte hon sig upp och mötte hans läppar.

Dörren öppnades. "Jag vill bara säga … oj jag ber om ursäkt." Med dimmig blick tittade Ella bort mot Åsa som stod rodnande i dörröppningen.

"Jag skulle bara säga att du ska till fru Ölund för att få ditt intyg", sa Åsa snabbt och stängde dörren.

Ella drog sig motvilligt ur hans famn. "Då är det bäst att jag skyndar mig. Ses vi ikväll?"

Putte nickade. ”Jag hämtar dig klockan sju. Klä upp dig, för ikväll blir det middag på Rosengården.”

”Åh, vad roligt!” På lätta steg lämnade hon personalrummet och skyndade vidare mot fru Ölunds kontor med bröstet pirrande av glädje.

Fru Ölund tittade upp från skrivbordet när Ella knackade försynt på dörrkarmen. ”Hon kan slå sig ner medan jag skriver klart hennes intyg.” Hon satte sig ner.

”Sara kommer sakna Ella. Vi får hoppas att hon fortsätter äta nu när ni försvinner.”

Ella nickade. ”Det hoppas jag med.” Med en viss tvekan sa hon. ”Vet ni vem hennes mamma är och var hon kommer ifrån?”

Fru Ölund ruskade på huvudet. ”Nej, hon hittades på trappan till prästgården i Gothem. Prästen lämnade in henne här med förhoppningen att hon skulle bli adopterad. Men eftersom hon har varit sjuk och klen har ingen velat göra det.”

Ella tittade bestört på fru Ölund. ”Är hon barnet som hittades på trappan? Stackars liten! Så ensam i hela världen.”

”Sara kommer säkert att få ett hem när hon repar sig”, sa fru Ölund vänligt och räckte Ella intyget. ”Varsågod och lycka till!”

De skakade hand och Ella gick till omklädningsrummet
med huvudet fullt av frågor.

23.

Ella vaknade och kisade mot väckarklockan. Halv fem!
Verkligen onödigt tidigt. Hon gäspade stort och tog sig
stelt upp. På tunga ben hasade hon ut i badrummet. Så
trött som hon varit på sista tiden, hade det varit
välkommet med en god natts sömn. Idag skulle hon fixa
det sista inför resan och imorgon var det dags för flytt till
Stockholm. Flyttlasset var minimalt, bara lite kläder.

En ömklig figur mötte henne i badrumsspegeln. Hon
suckade. Först hade hon tyckt att det var väl inget att åka
upp ensam till fastlandet, men nu erkände hon att det
kändes skönt att Putte skulle följa med. Känslan av att ha
fästman och att vara ett par var ovant. Efter
övernattningen på barnhemmet hade det snabbt blivit
allvar mellan dem. Han var den finaste man hon kunde
önskat sig.

Ella gick till köket, fyllde ett glas med mjölk och satte sig
vid köksbordet. Lite vemodigt var det. Lägenheten hade
känts rätt från första stund. När det sista av mjölken gled
ner i strupen kom tanken på vad som stört hennes sömn.

149

Sara. Hon kunde inte lämna Gotland utan ett besök på prästgården i Gothem. Det passade bra idag eftersom hon ändå skulle ut till fosterföräldrarna för att lämna bilen och några kartonger. Ella log. Förmodligen skulle de skämma bort henne med en massa presenter.

Det drog i ögonlocken. Hade hon tur kunde hon få sova en liten stund till. Hon återvände till sängen, slätade till lakanet som kändes betydligt svalare än när hon steg upp. Fönsterhaken skramlade till när det öppna fönstret rörde sig i den lätta sommarbrisen. Det började ljusna.

Ett hysteriskt skratt bröt ut på gatan nedanför. Hon kikade ut. Två överförfriskade kvinnor i högklackat vinglade oroväckande fram på den kullerstensbelagda gatan. Den ena for omkull och ett illvrål bröt ut, tätt följd av svordomar. Med en klacklös sko i sin hand reste sig kvinnan upp med hjälp av väninnan. Inte så lämpligt med högklackat på dessa gator. Ella återvände till sängen. Det svala lakanet kändes ljuvligt. Tanken på Sara kom tillbaka. Ett besök hos prästen var ett måste.

Det kliade i näsan. Ella blev tvungen att nysa. Usch! Fy vilken vidrig lukt av diesel. Ljudet från trafiken nere på gatan nådde obarmhärtigt hennes öron. Fönstret hade stått öppet hela sommaren och hon hade aldrig tidigare märkt av några avgaser.

Hon klev ur sängen, gick bort till fönstret och makade undan gardinen. Jaha, där stod den, en buss brummande på tomgång. *Ej i trafik* läste hon på skylten. Så respektlöst. En man, troligtvis busschauffören stod slappt lutad mot ett träd med en cigarett i mungipan. Han förde undan skjortärmen, tittade på sitt armbandsur och återgick till samma slappa läge. Hur länge skulle bussen stå där och spy ut avgaser? Hon drog igen fönstret med en smäll.

Ella tömde kylskåpet och satte innehållet på bordet. Dags för frukost. Lite torftigt men det skulle bli tidig lunch hemma i Gothem. Så henne gick det ingen nöd på. Rastlöst torkade hon av diskbänk och spis medan hon åt. Fjärilarna fladdrade allt vildare i magen. Hade hon tillräckligt med bensin? Skulle allt få plats? Ju fler obesvarade frågor, desto nervösare blev hon. Men när kartonger och väskor var inpackade och hon provstartade bilen infann sig lugnet. Hon gick sorgset en sista vända i lägenheten. Det hade varit en fin tid och hon hade trivts väldigt bra. Nu skulle någon annan få njuta av den. Nyckeln låg prydligt ovanpå tackbrevet, spisplattor av och inga kontakter i eluttag. Allt såg ut som det skulle. Gothem nästa.

…

Ella parkerade utanför Norrgatt och klev ur. Putte var pålitlig men hon ville ändå påminna honom en sista gång. Telefonautomaten svalde hennes slant och hon slog numret till hans kontor. Signalerna ekade entonigt. Inte där, typiskt. Hon tog luren från örat och skulle precis lägga den i klykan när hon hörde hans röst.

"Hej! Jag ville bara på…" började hon.

"Påminna mig", fyllde Putte i och skrattade.

"Du får ursäkta mig men jag är så fruktansvärt nervös."

"Jag glömmer inte bort dig. Kommer ut och hämtar dig efter jobbet. Vi gick ju igenom allt det där igår kväll."

"Jag vet, är på väg dit nu. Ses sen då", sa hon och såg hans leende framför sig.

"Ses sen. Tänker på dig hela tiden. Puss och kram."

Med ett leende på läpparna lade hon på luren. Kvällen med Putte hade varit underbar. Han hade bjudit på god mat och rödvin vilket hon gärna hade tagit ett glas till av, men han hade satt handen över glaset och påmint om morgondagen.

Hon satte sig i bilen och startade. Det var ännu tidigt, men bättre det än att vara sent ute. Det skulle bli skönt att få komma ut till Stina och Åke.

…

Ella svängde av mot Busarve och körde sakta fram till gården. Hon parkerade bilen längs staketet, öppnade dörren och klev in i ett enormt dammoln. Det måste vara extremt torrt. Besviket såg hon på den nyligen rengjorda bilen och suckade. Irriterad började hon lasta ur kartonger och väskor på marken. Hon tittade mot huset. Hade de glömt bort henne? Nej, det var inte möjligt. Det var hon som var tidig.

Katten Jansson kom spatserande i sakta lunk och jamade inställsamt.

”Vilken tur att du åtminstone var hemma”, sa hon och smekte honom längs ryggen. ”Ska vi gå in och se om de är där?” Jansson tryckte nosen mot hennes ben och gned mungipan fram och tillbaka. Grinden gnisslade som den brukade när hon öppnade den.

Stina hade satt upp nya gardiner i köksfönstret. Så fint! Katten jamade högt i väntan på att bli insläppt. Dörren var låst.

   ”Hör du kissemiss, vi får vackert vänta. De kommer nog strax.”

Hon fortsatte till baksidan av huset och fick syn på de prunkande vinbärsbuskarna. Girigt sträckte hon fram handen, greppade en klase och repade den. Med handen full av rubinröda vinbär, gapade hon och tryckte in allt i ett svep. Gud vad gott!

Solen värmde skönt. Varför inte slå sig ner en stund i trädgårdsmöbeln? Men rastlösheten kröp snabbt in under skinnet. Tänk om hon skulle cykla bort till prästgården? Stina hade lovat att åka med, men för att spara tid kunde hon passa på nu. Då fick hon mer tid till Stina och Åke innan Putte kom för att hämta henne. Det skulle bli skönt med en cykeltur. Ladudörren var olåst, så det var bara att gå in och låna Stinas cykel. Hennes egen stod med punktering hemma hos Putte.

Vinden smekte ansiktet när hon for fram på grusvägen med ett stadigt tag om cykelstyret. Slitevägen var sig lik, full av hål och ojämnheter. Korna gick lugnt längs staketet och betade. De tittade upp och nickade slött.

"Så trevligt att ni hälsar på mig!" ropade Ella glatt och kastade en slängkyss. Trädens grenar vajade lätt i vinden och skänkte henne ljuv sensommardoft. Ella tog ett djupt andetag och trampade det fortaste hon kunde förbi den illaluktande gödselstacken. "Dig kommer jag inte att sakna. Det är ett som är säkert."

Hon svängde in till prästgården, klev av cykeln och ställde den mot ett träd. Nervöst tittade hon mot huset. Skulle hon få veta något om Sara? Det knastrade i gruset när hon gick förbi långa rabatter med doftande röda och rosa rosor. Var det Hilda eller prästen som skötte om dem månntro? Inte ett ogräs vad hon kunde se och grusgången var prydligt krattad.

Förväntansfull tog hon ett djupt andetag och lyfte på kläppen.

Dörren öppnades och den bastanta hushållerskan Hilda blev synlig.

"Ja?" sa hon frågande och torkade pannan med en handduk.

"God dag! Det är jag, Ella, från Busarve."

Hilda sken upp och nickade. "Men nu ser jag det! Jag kände rakt inte igen fröken", sa hon och öppnade dörren på vid gavel. "Vad har Ella på hjärtat då?"

Ella steg in hallen. "Jag skulle vilja prata med prästen om barnet som hittades här vid prästgården."

Hilda rynkade på ögonbrynen. "Barnet? Ja …" Hushållerskan tystnade. "Då är det bäst att jag hämtar Markus. Var så god och slå sig ner. Vill Ella ha ett glas saft?"

Innan Ella hunnit svara, försvann Hilda ut i köket. Hon såg sig omkring och fascinerades av de antika möblerna. Soffan var fin men den var nog inte så bekväm. Usch! Så dystra tavlor. Bara mörka, murriga motiv med kristna budskap. Bibeln hade aldrig blivit hennes vän, men hon var konfirmerad. Det hade aldrig varit tal om något annat.

Hushållerskan återvände högröd i ansiktet med en kanna saft och två glas.

”Sätt sig vet ja. Nu ska Ella få sig ett glas god jordgubbssaft från årets skörd.”

Ella satte sig på den antika soffan och tog emot det framsträckta glaset och smuttade på drycken. Den smakade sommar. ”Så gott!”

Hilda slog sig ner på stolen mitt emot och svepte glaset.

”Tack och lov! Det var välbehövligt. Nu kanske man kan få känna sig normal igen. Jag förstår inte var de okristliga värmevallningarna kommer ifrån”, sa hon flämtande och lyfte handduken mot pannan. ”Men nu måste Ella berätta. Varför undrar hon om barnet?”

Ella skruvade på sig och tittade ut genom fönstret.

”Jag har precis slutat mitt sommarjobb på barnhemmet i stan och ska nu flytta till Stockholm. Det skall bli jätteroligt och jag är överlycklig över det, men…”

Hilda la huvudet på sned och log uppmuntrande. ”Fortsätt …”

”Det finns en liten flicka, Sara. Mitt hjärta fastnade för henne från första gången vi sågs.”

”Har du dåligt samvete för att du ger dig av?” sa Hilda och pekade på saftkannan. ”Mer saft?”

Ella nickade och räckte fram glaset. ”Tack gärna.” Hon tog en djup klunk och fortsatte. ”Känslan att jag sviker henne blev starkare efter att jag fick reda på att hon var ett hittebarn. Att någon hade lämnat lilla Sara här vid prästgården."

"Jag minns det som igår", sa Hilda och blundade. "Det bultade på dörren. Åh! Det gjorde så ont i mig, när jag förstod att flickan blivit övergiven. Jag tog upp henne i min famn. Flickan var påklädd och välnärd, inte alls ledsen …"

"Vet ni var hon kom ifrån?"

Hilda ruskade på huvudet och såg på Ella med sorgsna ögon.

"Nej. Det fanns en lapp och den innehöll en vädjan om att vi skulle göra det som var bäst för flickan. Inget mer. Jag förstår inte hur man kan göra något sådant. Föräldrarna måste ha befunnit sig i svår knipa."

"När kom flickan till barnhemmet?"

"Det är så hemskt. Jag förstod inte varför hon måste dit. Flickan kunde ha stannat här, men Markus fick hårda direktiv uppifrån. Något sådant gick inte för sig. Barnet fick bara stanna här ett par dagar."

"Men varf …?"

Hushållerskan reste sig. ”Jag har tyvärr inget fler svar att ge, men Ella ska få prata med Markus. Ta gärna ett glas saft till.”

Ella tyckte synd om Hilda. Var det av nervositet hon svettades eller var hon sjuk?

Hilda öppnade en dörr och sträckte ut handen i en inbjudande gest.

”Pastorn kommer alldeles strax. Fröken kan gå in på hans kontor.”

Hon reste sig från soffan och gick in i det anvisade rummet.

Stora möbler av ek dominerade pastor Markus kontor. Hade han valt möblerna själv eller tillhörde de prästgården? Fint var det hursomhelst. En målning av en allvarlig man och kvinna stirrade obarmhärtigt mot henne. Var det prästens föräldrar som var avbildade?

Ella vände blicken mot en vas färska blommor istället och slog sig ner på en rejält tilltagen stol framför skrivbordet. Blicken föll på en vacker kristallskål placerad på det enorma skrivbordet. Ella sträckte sig över bordet och lyfte försiktigt på locket. Karameller. Jaså minsann, prästen tyckte om polkagrisar. De såg onekligen väldigt goda ut. Beslutsamt satte hon tillbaka locket för att nästa sekund lyfta det igen. En skulle hon kunna ta. Hon stoppade polkagrisen i munnen. Så gott! Hon satte locket tillrätta, vände sig om och kolliderade nästan med prästen.

"Fröken Ella! Det var längesedan." Markus sträckte leende fram handen.

Ertappad och skamset räckte hon fram handen. Hon drog efter andan av den starka pepparmyntssmaken och plötsligt hamnade karamellen i luftstrupen. Panikslaget försökte hon dra efter andan. Ögonen tårades och hon hostade kraftigt. Med tryck lossade karamellen ur luftstrupen och for ut ur munnen.

"Aj!" flämtade Ella.

Vimmelkantig av syrebrist såg hon hur prästen tog av sig glasögonen och höll handen för ögat. Han synade det trasiga glaset.

"Vad hände?" sa stammade han.

Ella slog handen för munnen. "Förlåt! Det var verkligen inte min mening att …" Hon tittade förfärat på de trasiga glasögonen. "Herregud! Sätt dig ner, så får jag se om ögat är skadat."

Markus ruskade avvärjande på huvudet och tog bort handen.

Med hettande kinder tittade hon på det svagt rodnande partiet runt ögat.

"Tack gode gud! Ögat verkar ha klarat sig."

Han suckade lätt. "Jag får väl använda mina gamla ett tag. Tur att jag har dem kvar."

Vilken fadäs. Att stjäla karameller och misshandla prästen. Vad skulle hon göra för dumhet härnäst?

"Se inte så bedrövad ut. Sådant kan väl hända alla … eller kanske inte ändå." Markus pekade på den begagnade polkagrisen på golvet och log.

Ett citat ur bibeln ekade i huvudet eller kanske det inte var ur bibeln, hon visste inte säkert. Att somliga straffar Gud direkt.

"Vad ville Ella prata med mig om?" sa han och lade ner de trasiga glasögonen i skrivbordslådan.

Hon harklade sig. "Jag har några frågor om barnet som lämnades på er trappa."

Markus ansikte mörknade. "En sorglig historia. Både jag och Hilda var rörande överens om att barnet gärna hade fått stanna på prästgården, men det blev ett starkt nej uppifrån. Efter att ha sökt efter olika möjligheter för flickan såg vi ingen annan utväg än att lämna henne till barnhemmet i Visby. Varför undrar Ella?"

Pastorn vände blicken mot fönstret och stelnade till. Nyfiket sträckte Ella på sig och följde hans exempel. Åh nej! Edda Berg. Till råga på allt parkerade hon sin cykel bredvid hennes. Säg inte att hon skulle få Edda till sällskap härifrån.

Markus reste sig i all hast och öppnade dörren mot hallen. En tung suck undslapp honom.

"Kan Hilda …" I samma ögonblick knackade det på ytterdörren. Prästen sköt igen dörren till kontoret och såg vädjande på Ella.

"Kan Ella tänka sig att göra mig en tjänst? Det känns inte alls bra att säga det här, men det finns två kvinnor här i socknen som … hur ska jag säga det här för att det inte ska bli fel?"

Ella visste genast vilka två tanter han syftade på, Edda Berg och Ada Åkerblom. Två damer som ända sedan prästen blev änkling, tävlat om hans gunst. Dessutom var svartsjukan mot hushållerskan Hilda vida känd. Så hon förstod honom mycket väl.

"Pastorn behöver inte förklara för mig. Vad ska jag göra?"

Markus öppnade dörren till ett ekskåp. "Jag ber så hemskt mycket om ursäkt. Kan Ella tala om för Hilda att jag var tvungen att gå iväg i ett viktigt ärende." Ella nickade och såg road hur prästen klämde sig in i det trånga skåpet och drog till dörren. Hon gick mot dörren. I samma stund hon tog i dörrhandtaget hördes Eddas och Hildas röster från hallen. Ljudlöst släppte Ella handtaget och backade ett par steg.

"Jag har hemkokt körsbärssylt till pastorn."

"Det behövs verkligen inte! Vi har hela skafferiet fullt av sylt", hördes Hildas lugna röst.

"Ska han verkligen behöva äta sylt med kärnor i?" Eddas röst gick upp i falsett.

"Ursäkta! Men det finns inga kärnor i min sylt", svarade Hilda med irriterad ton.

"Jag tänker inte gå härifrån förrän jag fått prata med pastorn. Måste ta ett mått över hans axlar för slipovern. Åkerblomskan stickar vantar, ynkligt. Det har jag flertalet liggande som han kan få."

Snabba steg hördes och därefter en lätt knackning. Ella öppnade dörren och mötte Hildas klimakterieröda gestalt.

"Pastorn har besök, Edda Berg", sa Hilda ansträngt.

"Tyvärr! Han var tvungen att ge sig av", sa Ella vänligt.

"Ge sig av?" sa Edda misstänksamt och stirrade nyfiket över Ellas axel.

”Hm … jo, så var det”, sa Ella och klev ut i hallen. Hon stängde dörren noga efter sig.

”Ja, just det!” sa Hilda lättat, ”Pastorn skulle förbereda Jan Lundgrens begravning.”

”Har Jan dött? Det visste jag inte”, sa Ella sorgset. Hushållerskan nickade och torkade sig i ansiktet med en näsduk.

”Ja, det är väldigt tråkigt. Stackars Margit och Mats. Men han har i alla fall Elin”, sa Edda och snöt sig ljudligt. ”Men det var roligt att få se Ella!”

”Detsamma!” sa Ella och skyndade ut genom dörren. Nu gällde det att vara snabb. Hade hon otur skulle Edda cykla ifatt och vilja hålla henne sällskap. För även om tant Edda var till åren så var hon snabb.

Ella kastade sig på cykeln och trampade så hårt att gruset sprätte runt däcken. Andfådd närmade hon sig avfarten till Hägleifs. En snabb blick över axeln. Ännu ingen Edda. Eftersom hon inte skulle vara här när begravningen ägde rum, borde hon ta svängen ner till Mats och Elin för att beklaga sorgen. Ja, så fick det bli.

24.

Lättad svängde Ella in på Hägleifs gårdsplan.

"Ella!" hördes Elins glada röst från hästhagen.

Ella vinkade, klev av cykeln och gick med raska steg mot hagen. Hon lät sig väl omslutas av Elins famn.

"Hej! Det första jag måste göra är att beklaga Jans död."

Elin släppte taget och nickade bedrövat. "Det har varit svårt, speciellt för Mats. Jan ska begravas nu på lördag."

"Jag hörde det. Tyvärr kommer jag inte att vara här men jag ska tänka på er. Tur att ni har varandra och så Margit förstås. Tog hon det mycket hårt?"

"Svårt att veta … kan inte du komma in en stund? Mats kommer hem vilken minut som helst."

Ella tittade på klockan. "Jag tror inte att…"

"Väntar Stina på dig? Du kan väl ringa henne?", sa Elin bedjande.

Hon mötte Elins blick och föll till föga. "Då är det bäst att jag ringer nu med en gång. Det finns en risk att de redan har efterlyst mig", sa Ella och drog på mun.

De lämnade hästhagen och gick mot huset. ”Vad har du haft för dig sedan vi sågs sist?” sa Elin och tittade nyfiket på Ella.

”Jag har arbetat på barnhemmet i Visby. Nu skall jag studera till sjuksköterska via Röda Korset i Stockholm.”

”Men vad roligt för dig!”, sa Elin och log. ”Välkommen till mitt nya hem. Visst har du varit här förut?”

”Många gånger”, sa Ella och skrattade till.

Elin öppnade ytterdörren och ett stort rökmoln mötte dem i öppningen.

”Men herregud! Vad är det nu på gång?” ropade Elin och rusade in i huset.

Ella skyndade efter och kände genast en stickande lukt av bränt smör.

”Har du något på spisen?” frågade hon och pekade på den rykande kastrullen.

 Elin ruskade på huvudet, greppade den heta kastrullen och kastade den i diskhon med en skräll. Hon gick fram till fönstret och öppnade det på vid gavel.

”Inte jag, men jag anar vem. Margit! Var är du?” Elin skyndade genom rummen med Ella i släptåg. ”Margit är du där?” ropade Elin och knackade på den stängda dörren.

En glipa öppnades. Margit tittade storögt på Elin och Ella. ”Vad vill ni? Jag har inte tid med er nu, måste göra mig i ordning.”

”Har Margit lämnat en kastrull med smör på spisen?” frågade Elin lugnt.

”Är du galen! Jag får inte hålla på med spisen. Det är bara mor som får göra det. Det borde du väl veta? Nu vill jag vara ifred, ska snart iväg till skolan.”

Elin nickade, stängde dörren och tittade bistert på Ella.

”Ja, så här har vi det.”

”Vad menar du? Har hon blivit totalt förvirrad efter Jans död?” sa Ella förfärat.

”Kom så går vi ut. Det går inte att vara i den här lukten,” sa Elin irriterat.

Ella såg på Elin vars axlar sjunkit rejält.

”Vill du ha något att dricka?” undrade Elin och lade huvudet på sned.

”Tack. Men det är snart lunch. Stina väntar med mat där hemma.”

”Ber om ursäkt. Du ville ringa”, sa Elin och log svagt.

”Vi får ta det en annan gång. Måste nog cykla hem.”

Med en tung suck satte sig Elin på trappan. Dörren öppnades och Margit kom ut klädd i kjol och blus. Elin drog efter andan. "Men Margit, har du gjort dig fin med flätor och vita knästrumpor?"

Margit höll väskan i ett krampaktigt tag intill kroppen och glodde trotsigt mot Elin.

"Jag ska till skolan."

Elin mötte Ellas blick och himlade med ögonen.

"Du måste få dig lite i magen först. Så du kan stå dig en hel skoldag."

Margit ruskade bestämt på huvudet.

"Du vet att mor vägrar släppa iväg dig hungrig. Seså! Gå in med dig, så ska jag ge dig frukost", sa Elin bestämt och föste Margit framför sig.

"Hej Ella! Det var längesedan."

Ella vände sig hastigt om.

"Hej Mats! Så roligt att se dig. Fick det tråkiga beskedet om din far, när jag var vid prästgården. Ville komma hit för att beklaga sorgen."

Mats drog handen genom det rågblonda håret och Ella kunde tydligt urskilja en tår i de ljusblåa ögonen.

"Tack. Det är tungt. Men han var sjuk, mycket sjuk till och med. Cancer. På något vis är det ändå skönt. Tror inte att han skulle klarat den tuffa behandlingen."

Ella visste inte vad hon kunde säga till tröst. Dörren öppnades och Elin kom ut.

"Tack och lov! Skolan är bortglömd. Margit äter smörgås och mjölk", sa hon och log trött.

Ett plingande ljud fick Ella att vrida på huvudet. In på gården kom Edda, högröd i ansiktet. Den bruna klänningen fladdrade vilt runt henne när hon stannade med ett häftigt tryck på bromsen. Hårkammarna som skulle hålla håret på plats hade lossnat och hängde på tre kvart.

"Uhu! Här kommer jag med brev", hojtade hon och samlade ihop högen med post från cykelkorgen. Med raska steg gick hon fram till dem.

"Goddag faster Edda!", sa Elin vänligt och räckte fram handen för att ta emot posten. Mats suckade tyst. Ella kunde inte låta bli att dra på munnen när Edda beslutsamt höll kvar högen.

"Ni har fått vykort på Stockholms slott. Så Berit och Knut har varit på fastlandet? Ja, de skrev att de hade haft trevligt." Hon bläddrade vidare. "Här är något från kommunen, vad kan det vara tro?"

”Men Edda. Inte behövde du hämta vår post”, protesterade Elin.

”Bara trevligt att kunna hjälpa till. Jag hade ändå vägarna förbi. Så du har också hittat hit?” sa Edda vänd mot Ella. ”Du cyklade som om du hade eld i baken.”

Ella nickade och kände hur det hettade till i kinderna. ”Ja, men nu ska jag åka hem. Måste bara få berätta en märklig sak. Sen en tid tillbaka har jag jobbat på barnhemmet i stan. Kommer ni ihåg hittebarnet som lämnades vid prästgården?”

Tant Edda lyfte blicken från brevbunten och såg nyfiket på Ella.

”Ja … jo visst kommer jag ihåg det”, sa Elin förvånat.

”Hon bor i alla fall där, på barnhemmet alltså. Sara heter hon.”

”Mycket märkligt att ingen på socknen vet något. Inte det minsta skvaller har sipprat ut. Den som la flickan på prästgårdstrappan finns säkert här i bygden. Det är jag helt säker på”, sa Edda och räckte Elin högen med post.

Ella satte sig upp på cykeln och vinkade. ”Vi ses.”

Med muntra rop i ryggen om ett lycka till trampade hon iväg. Nu skulle det bli gött med mat. Måtte Stina inte vara allt för besviken över hennes sena ankomst.

25.

Edda blev kvar betydligt längre än Elin hade tänkt. Visserligen hade hon fått hjälp med matlagning och disk, men det tog på krafterna att ha den nyfikna faster Edda i sin närhet. Elin suckade och slog sig ner på trappan.

"Det är bara en tidsfråga tills något går helt på tok. Idag lämnade Margit en kastrull med smör på spisen. Hela nedervåningen var full av rök."

Mats satte sig ner och lade armen om Elin.

"Men alla kan väl glömma? Hon skulle väl laga till något?"

Elin ruskade uppgivet på huvudet. "Nej! Det här är något annat. Vet du vad hon gjorde? Jo, hon förberedde sig för att gå till skolan."

"Ja, hon börjar verkligen bli senil. Men vad kan vi göra?"

"Vi kanske ska be faster Edda flytta hit och hjälpa till?" sa Elin ironiskt och drog på munnen. "Jag bara skojar!"

"Tack och lov! Jag trodde nästan att du menade allvar."

Mats öppnade ladugårdsdörren och gick in. Kossan Amanda nickade trött och idisslade hö. Han kliade henne på pannan och tackade för den fina kalven.

"Det är lite tråkigt att behöva hålla er inne i båset, men så fort veterinären tittat till kalven ska ni få komma ut." Amanda såg på honom med lugn blick och nickade. Kalven hade sugit tag i en spene och sög för glatta livet. "Du ser ut att må mycket bättre."

Hur han än försökte slå undan tanken på flickan vid prästgården så gick det inte. Hans hemlighet hade hållits bevarad och sanningen att säga, så hade han lyckats förtränga händelsen. Tills nu. Tuttu och Lullu. Två systrar, med modern begravd som okänd på Gothems kyrkogård. Den ena flickan placerad i en familj någonstans och Tuttu som befann sig på ett barnhem i Visby. Fast hon hette inte längre Tuttu. Sara var det visst. Vackert namn. Bilden av Magda lämnad vid bryggan dök upp för hans inre. Mats hade svikit dem alla. Ett plötsligt tryck över bröstet. Han andades tungt. Vad kunde han göra?

En skuggfigur fyllde gången in i ladugården.

"Mats?" Elins röst lät orolig.

"Jag är här. Kalven har börjat röra på frambenet och såret ser mycket bättre ut. De kan nog få komma ut i morgon om inget annat inträffar."

”Så skönt. Hur är det med dig? Du sa inte ett ord vid middagen. Är det något som är fel?” sa Elin och försökte fånga hans blick.

”Fel? Nej …”

”Margit har somnat. Så förhoppningsvis kan vi sätta oss en stund och titta på solnedgången. Eller vad säger du?”

Han kunde inte lura Elin. Hon kände honom alldeles för väl. Mats nickade och tog hennes hand. Att inte ha berättat tidigare kändes nu väldigt fel. Tänk om hon skulle vända honom ryggen. Anse att han gjort fel.

Tillsammans lämnade de ladan och satte sig längs gaveln på huset där de hade tillgång till dagens sista solljus. Sensommarens ljumma vind smekte dem. Efter en spänd tystnad reste sig Mats från stolen och satte sig på knä framför Elin. Han lutade huvudet mot hennes knä och suckade tungt.

”Det finns något jag borde ha berättat för längesedan”, sa han och tittade upp på henne.

Elin nickade uppmuntrande och strök honom över håret.

”Jag har haft på känn att det är något som tynger dig.”

Han lyfte blicken och såg djupt in i hennes ögon.

”Jag älskar dig över allt annat och det gör mig ont att ha lämnat dig utanför.”

”Nu gör du mig orolig. Berätta”, sa hon vänligt och
viftade bort en envis fluga.

”Sommaren 1960. Jag hade varit på samma fest som
du.” Elin nickade igenkännande. ”Jag behövde tänka.
Bestämde mig för att ta en tur med ekan. Kommer du
ihåg att det låg en båt för ankar en bit ut?”

Elin ruskade på huvudet.

”Nej, varför skulle du göra det?” suckade Mats. ”Hon
låg bara där i vassen, halvt hängande över en sten, livlös.”

Elins ögon blev med ens dubbelt så stora.

”Magda. Hon hade rymt från båten där ute. Jag tog
henne till Mumma. Kvinnan var havande och födde
sedan på natten två flickor. Efter förlossningen dog hon
…”

Elin grabbade tag i hans arm. ”Vänta … andas. Jag hinner
inte med”, flämtade Elin och betraktade honom med
klotrunda ögon. ”Vem dog?”

”Magda. Barnen blev sedan kvar hos Mumma. En av
flickorna blev adopterad men den andra var kvar hos
Mumma. Det var fruktansvärt. Flickan tillbringade natten
vid Mummas döda kropp.” Orden flöt över hans läppar
utan uppehåll. ”Jag blev ställd när jag hittade dem. Visste
inte vad jag skulle ta mig till. Kunde inte tänka. Det var

därför jag lämnade flickan vid prästgården." Mats tystnade, tog ett djupt andetag och harklade sig.

"Men … herregud! Var det du som …? Vilken historia", sa Elin och pressade sig förbi Mats upp ur stolen.

Mats sneglade upp på henne där hon stod i motljus med böljande hår likt ett helgon. Hon slog ut med händerna.

"Det här var svårt att ta in." Hon gick fram till honom och strök honom ömt på kinden. "Vart flyttade tvillingsystern?"

Mats reste sig stelt och försökte minnas, men allt var borta. "Inte en aning."

Elin slog tröstande armarna om hans hals.

"Jag är så ledsen över att du behövt bära på denna hemlighet", viskade hon i hans öra.

Då brast det. Det tuffa beslutet han tvingats fatta och utföra sköljde över honom. Tårarna gick inte att hejda. Han grät som ett barn. Hela tiden fanns hon där med sin varma trygga famn och en hand som sakta strök honom lugnande över ryggen. På avstånd hörde han ljudet av upprörda gäss och ett lugn han aldrig tidigare känt infann sig.

"Tycker du att jag är hemsk?" sa Mats med grötig röst.

Hon kramade honom hårt. "Hemsk? Vem är jag att döma? Du ställdes inför ett svårt val och gjorde det du ansåg bäst ..."

"Ja, nu vet du min hemlighet och några fler har jag inte på lager", sa han och drog sorgset på munnen. "Bör jag berätta för pastorn?"

Elin la kinden mot hans bröst. "Jag vet inte. Du måste göra det som känns rätt. Vill du berätta för Markus?"

Mats skakade på huvudet, drog henne intill sig och tryckte näsan mot hennes hår. "Du doftar ros."

"Mm. Där avslöjade du mig. Kunde inte motstå Sunsilks schampo när jag var i affären. Dumt av mig. Vi har ju ännu så mycket kvar av den där doftfria krämen."

"Se där! Fler som bär på hemligheter", sa han och skrattade. Mats kände hennes kittlande fingrar i nacken. En ilning av njutning for nerför ryggen.

Glittret från hennes pupiller kunde bara anas mellan hennes ögonfransbeslöjade ögon när hon vände blicken upp mot honom.

"Jag skulle kunna tappa upp ett bad till oss. Det var längesedan vi hade en stund för oss själva ..." sa hon och flämtade till.

Hans grepp om hennes midja hårdnade varpå han lät handen sakta glida ner över hennes fasta bak.

"Då är det bäst att vi går in med en gång. Ett sådant erbjudande vill jag inte missa", sa han ömt.

"Du får vänta en lite stund. Jag skall göra det fint i badrummet först." Elin log åt hans ivriga min och försvann in i badrummet.

Först på med vattnet och i rikligt med badskum. Hon tände ett par ljus och la fram rena badlakan. Därefter klädde hon av sig, öppnade dörren och klev i karet.

"Nu kan du komma!"

Mats stannade på tröskeln och flämtade till vid åsynen av henne. Ljusens lågor fladdrade när han snabbt kastade av sig kläderna och kröp ner bland de väldoftande bubblorna. De kysstes och snart blev längtan för stark och de förenades i stark hänförelse. En lång stund låg de tysta. Mats huttrade till.

"Vattnet har blivit kallt."

Elin såg på honom och kände att hon inte ville att deras ljuva stund skulle ta slut.

"Vi kan väl gå ut en stund i den sköna natten?" sa hon bedjande och ställde sig nära honom.

Mats såg förvånat på henne. "Vill du gå ut nu? Det är väl dags att gå i säng?"

"Snälla", bönade Elin och svepte ett badlakan runt sin nakna kropp.

Mats nickade och gav henne ett leende som gjorde henne knäsvag.

…

Mitt i natten vaknade Elin sorgsen och svettig. Örngottet var vått. Drömmen var vagt kvar men i det stora hela visste vad den handlat om. Det gjorde så ont. Den elaka rösten som skrek att hon var oduglig till att bli mor. Hon ville så gärna väcka Mats. Få tröst, men han sov så lugnt med djupa andetag. Ville inte störa honom.

Varför kunde hon inte acceptera sitt öde? De skulle aldrig få barn hur mycket hon än önskade. Tänk om han ångrade sig? Hon tittade på honom. Nej, det ville hon inte tro. Han älskade henne av hela sitt hjärta.

Hon vände på kudden och flyttade den närmare Mats. Försiktigt kröp hon intill honom, kände hans varma rygg. Mats ryckte till och mumlade något ohörbart.

"Förlåt … vill bara ligga här vid dig."

Den sorgliga drömmen försvann vart efter och hon kände sömnen komma smygande.

26

Elin förde dammtrasan över bröllopsfotot. Tänk att det redan var ett år sedan hon och Mats vandrade kyrkogången fram till altaret där prästen väntade.

Den enorma buketten med röda rosor hade närapå fallit till golvet, så nervös hade hon varit. Elin lyfte ramen och granskade fotot på det lyckliga paret. Det blonda håret stilfullt uppsatt med en tronande krona och skruvade lockar hängande runt ansiktet. Hon log. Så obekväm hon känt sig, trots att hon var riktigt vacker.

Elin ställde tillbaka bröllopsfotot på skänken och lät dammvippan glida vidare över salsmöblerna. I morgon var det begravning. För femtielfte gången gick hon igenom listan i huvudet av alla måsten. Allt var förberett förutom Margits blus. Den skulle strykas.

Margit hade trotsigt förklarat för Elin att hon borde få slippa gå med. Hon kände inte ens den gamla farbrorn, hade hon sagt och trutat med munnen. Men på något sätt måste de få med Margit. De kunde inte låta maken komma i jorden utan att Margit var med. Elin öppnade linneskåpet och plockade fram strykfilt, lakan och strykjärn.

Det svarta tyget lät sig ovilligt slätas ut av det varma järnet. Hon höll upp blusen. Troligtvis hade den blivit för stor eftersom tanten magrat av. Margit hade blivit kräsen.

Från att gladeligen ha stoppat i sig både det ena och det andra hade det blivit tvärtom. Försiktigt lade Elin järnet vid kråset och tryckte lätt. Så där ja! Hon drog ur sladden till strykjärnet och trädde blusen på en galge och hängde den över dörrkarmen.

Bäst att titta till Margit. Ibland ville Elin bara strunta i henne. Själv hade hon aldrig behövt ta ansvar för åldrande föräldrar. De omkom i en bilolycka när Elin var femton år gammal. Därefter flyttade hon till faster Edda. Mats verkade inte ta in vad som höll på att ske med Margit eller så blundade han för det. Men fortsatte det så här måste de överväga att sätta Margit på ålderdomshem. Det var nästan som att ta hand om ett barn.

Barn … Ordet slog likt ett knytnävslag i bröstet. Elin satte sig tungt. Läkarens dom efter missfallet ringde i öronen. "Hon ska skatta sig lycklig över att hon lever. Frun kommer aldrig att bli mor till ett barn och ju förr hon accepterar det, desto bättre." Hans varma hand vilade på axeln i ett försök att trösta.

Ödet ville annorlunda. Ett halvår senare var hon åter gravid, men med ett avslut i sorg. Mats hade suttit vid sjuksängen, hållit henne i handen och bett om guds nåd. Det var nära att hon strukit med. Efter det hade hon släppt tanken på barn. I det här huset skulle trampet av små fötter och glada barnskratt aldrig höras.

Hon torkade tårarna, reste sig och gick ut i köket.
Förfärad såg hon på röran

"Men vad gör du Margit?"

Med rosiga kinder tittade Margit upp och log glatt.
"Mamma ville att jag skulle duka bordet."

"Här kan man inte lämna något ens för en sekund!" röt
Elin.

Hon ångrade genast sina hårda ord när hon såg hur
ledsen Margit blev. På de tidigare rengjorda faten låg nu
kakorna i prydliga högar och vid varje sittplats var det
dukat med kaffekopp och fat. "Margit, det här är till
morgondagen. Till begravningen."

"Det vet jag väl!" sa Margit trotsigt och satte näsan i
vädret.

Elin räknade tyst till tio och tog ett djupt andetag.

"Jättefint! Nu vill mamma ha hjälp med att vika tvätt.
Kan du göra det?" Lättad såg hon Margits trumpna min
slätas ut för att spricka ut i en självbelåten min.

Margit pillade på en finsk pinne. "Visst blev det fint? Tror
du att mamma blir nöjd?" sa hon glatt och stoppade
sedan kakan i munnen.

Kakorna måste räddas innan fler blev förstörda av
Margits framfart. "Mamma kommer att bli jättenöjd men

nu måste vi skynda oss med tvätten", sa Elin i ett försök att avleda.

"Jag är inte riktigt klar än", sa Margit och tryckte ihop kakorna på fatet.

Elin tog sig för pannan och bet sig i tungan när hon såg hur den sköra rulltårtan trycktes ihop så sylt pressades ut.

"Nu räcker det! Du får fortsätta sen", sa Elin och drog Margit från bordet. "Vi vill inte att mamma ska bli arg eller hur?" Lättad insåg hon att hennes desperata röst hade effekt för Margit gick snällt med från köket. Elin skyndade före in på kammaren, tog korgen med hopvikta handdukar och hällde ut i en hög på bordet. Att hennes jobb var förgäves var inget att bry sig om, huvudsaken var att sysselsätta Margit.

"Kan inte du hjälpa till?" sa Margit och gäspade.

"Är du trött? Du kan väl lägga dig på sängen och vila en stund först?"

Margit nickade och gäspade igen.

"Kom så går jag med dig." Det var det bästa som kunde hända. Hennes enda chans att kunna arbeta ostört. Margits tupplurar hade även blivit allt längre och tur var väl det. Margit lät sig villigt ledas in i sitt sovrum.

"Så där ja … lägg dig tillrätta så brer jag filten över dig.
Sov gott", viskade Elin och lämnade rummet.

…

Tack och lov. Kakorna hade inte farit så illa som hon
först trott. Med varsam hand la hon tillbaka dem i
burkarna och låste in dem i skafferiet. Tvätten. Äsch, den
fick ligga kvar. Vem visste om hon behövde välta
tvättkorgen fler gånger idag. Elin vaknade upp ur sina
funderingar när kaffepannan gav ifrån sig ett tjut.

Det varma kaffet lenade gott. Den ömmande klumpen i
halsen som hon haft sedan igår fanns dock kvar. Tanken
på det orättvisa i att inte kunna få barn hade åter slagit till.
Deras kärleksstund i badrummet hade varit underbar.
Hettan steg på kinderna när hon tänkte på sin oblygsel.
Hon hade inte velat att deras ljuva stund skulle ta slut
utan tiggt och bett om hans uppmärksamhet.

…

Elin reste sig från bordet stärkt av kaffetåren. Ingen idé
att deppa för något hon inte kunde rå på. De fick väl
adoptera. Det pirrade till i bröstet. Var kom den tanken
ifrån? Ett hopp hon inte känt på länge vaknade till liv. Ja,
det fanns faktiskt ett barnhem i stan. Med föräldralösa
barn.

Med andan i halsen satte sig Elin upp i sängen och blinkade förvirrat ut i mörkret. Hjärtat slog hårt. Hon skakade häftigt på huvudet för att bli kvitt mardrömmens järnklor.

Mats tände sänglampan och såg förvånat på henne.

"Hur är det?"

Elin mötte Mats oroliga blick. "Jag drömde så hemskt. Vad är klockan?"

Mats tittade på väckarklockan. "Halv fem."

"Tack och lov! Jag drömde att jag försov mig och att alla var arga. För på grund av mig blev begravningen framskjuten på obestämd tid."

Mats hand letade sig in under nattlinnet och smekte henne på ryggen. "Men snälla … har jag lastat för mycket på dina axlar?"

Hon tvekade. "Kanske en aning. Jag vet att vi inte har något val, men det har inte varit lätt att förbereda inför begravningen och samtidigt ta hand om Margit."

"Kom, lägg dig här vid mig", sa Mats och sträckte ut armen.

"Förlåt", sa hon ångerfullt. "Här kommer jag med mina problem. Du har faktiskt mist din far."

”Du behöver inte be om förlåtelse. Jag förstår och vi måste hitta en lösning på det.” Han släckte lampan och drog henne intill sig. ”Ska vi försöka slumra en stund till?”

Hon nickade och undslapp en suck. Mats strök hennes fuktiga kind.

”Eller har du något mer på hjärtat? Du var väldigt tyst igår kväll.”

”Nej, men det ska bli skönt när dagen är över.”

27.

Elin tog tacksamt emot Susannas erbjudande om hjälp vid begravningskaffet. En molande värk tryckte oroväckande mot ögonhålorna och gjorde henne illamående. De hade bara bjudit in de närmast sörjande men salen på Hägleifs gård blev ändå full. Elin tackade sin lyckliga stjärna för att pastorn hade kommit med. Markus öppnade upp för fina samtal och som vanligt hade han hamnat mellan Ada Åkerblom och faster Edda.

Elin gick ut till köket för att hämta kaffegrädde och socker.

”Hur är det med dig älskling?” sa Mats bekymrat.

"Lite huvudvärk bara. Det blir nog snart bättre", sa hon och log stelt.

"Du kan väl sätta dig. Susanna fixar serveringen."

"Tack. Men jag har hamnat på första parkett framför pastorn och rivalerna Edda och Ada. Förstår inte hur två medelålders kvinnor kan bete sig så tramsigt. Stackars Markus."

Mats plirade med ögonen och brast ut i skratt.

"Menar du att de är för gamla för att uppvakta män?"

"Nej, inte för gamla kanske, men att tävla om hans gunst …? Fånigt."

Susanna kom gående med kaffepannan och log deltagande mot dem.

"Gå ut och sätt er. Ni ser ut att behöva vila. Jag fixar det här."

Mats lade armen om Elins rygg och de gick tillbaka ut i salen. Han drog ut en stol och hon satte sig. Pastorns smått desperata blick slog om och han såg tacksamt mot dem. Susanna fyllde hennes kaffekopp. Elin drog in aromen och läppjade försiktigt på den varma drycken, kanske var det kaffe hon behövde för att huvudvärken skulle lätta. Kakfaten vandrade runt och alla försåg sig.

Margit hade en av sina klara dagar och förstod vad som hänt, trots den tunga sorgen.

”Visst är mina Napoleonhattar fina?” sa Edda och höll upp en kaka framför pastorn.

”Förlåt! Napoleonhatt?” sa Markus förvånat.

”Kakan! Den heter så. Visst ser den väl ut som en hatt?” Pastorn harklade sig och nickade med ett stelt leende. ”Jag ska se till att pastorn får med sig några extra hem. Så Hilda kan få smaka på den perfekta kakan”, sa Edda och log med hela ansiktet.

Ada hostade försynt. ”Det finns ingen kaka som kan konkurrera med mina finska pinnar.”

”Menar Ada att hennes torra pinnar är finare än mina marsipankakor?” Eddas röst gick upp i falsett.

”Seså mina damer! Vi är på begravningskaffe. Jag föreslår att vi flyttar denna diskussion till en annan gång”, sa pastorn trött.

Elin hade lust att säga några väl valda ord till de stridslystna damerna men bestämde sig att förbli tyst. En susning for genom gästerna och all konversation avbröts för en stund för att snabbt återupptas med förtjusta utrop och skratt.

Elin vände sig om och fick syn på Susanna med sin lilla bebis i famnen. Margit reste sig och gick dem till mötes. Det gick inte att ta miste på Margits glädje över den lilla. Ett sting av avund bet tag i Elins hjärta och hon kände sig med ens värdelös. Motstridiga känslor hotade att dra henne isär. Den ena halvan ansåg att hon borde gå fram och gratulera medan den andra ville springa därifrån.

Mats tog hennes hand och kramade den. ”Du klarar det”, viskade han och reste sig.

Hon nickade stumt och reste sig från stolen. Dämpad följde hon efter honom.

Den lilla flickan log glatt och jollrade fram bubblor av saliv.

  ”Men gud så söt!” utbrast Elin spontant. ”Vad heter hon?”

Susanna log stolt och tittade beundrande på sin dotter.

  ”Ja, hon är bedårande. Laura heter hon. Efter min faster som bor i England.”

Elin hade inte behövt oroa sig. Konversationen flöt på av sig själv och hon kunde inte se sig mätt på den lilla flickan. Just där i denna stund, bestämde hon sig. Hon skulle prata med Mats ikväll om barnhemmet och adoption. För nu visste hon vad hon ville.

Lättad stängde hon dörren efter sista gästen. Elin återvände in i salen och såg de tomma kakfaten. Inte en kaka kvar. Alla hade velat ta med sig en påse till någon därhemma och inte henne emot. Prästen däremot hade blivit påtvingad en påse till Hilda. Elin suckade. Det var inte utan att hon skämdes en aning åt de suktande damerna. Måtte hon aldrig bli så där.

Mats kom in i salen och slog sig ner i en fåtölj.

"Mamma sover. Hon var totalt slut. Men så skönt för henne att ha varit närvarande en sådan här dag."

Elin nickade allvarligt och slog sig ner i fåtöljen mitt emot. "Vi behöver prata."

"Jaså?"

"Vi måste får höra ljudet av små fötter här på Hägleifs. Kan vi inte höra av oss till barnhemmet?"

Mats ögonbryn höjdes i en förvånad min. "Menar du att du vill adopt … jag menar att vi ska adoptera ett barn?"

Hon mötte stadigt hans blick. "Jag har nog aldrig känt mig säkrare."

"Inte jag heller. Jag skulle så väldigt gärna vilja få återse Sara."

Ett glädjerus fyllde hennes kropp och hon kastade sig om Mats hals.

"Du är underbar. Vet du det?"

"Jag vet!" sa Mats och tryckte sina läppar mot hennes kind.

28.

Mats parkerade utanför barnhemmet. Händerna var svettiga av nervositet. Elin såg på honom med förväntansfull blick.

"Jag är världens lyckligaste just nu men även så nervös att jag kanske inte klarar av att gå upp för trappan", sa Elin och slog händerna för sina kinder.

Visst förstod han hennes känslor, för han ville också ha barn. Fram tills för någon vecka sedan hade han accepterat att de skulle förbli barnlösa men när Elin hade kommit med förslaget hade han inte kunnat tänka på något annat. Tanken på Sara fick hjärtat att slå en extra volt. Var hon ännu kvar på barnhemmet och var det rätt flicka?

Mats öppnade dörren och klev ur. Det stora huset såg inte direkt inbjudande ut utan snarare avvisande med sina stora tomma fönster. Han visste inte riktigt vad han hade

189

väntat sig, men inte såg det ut som ett hem för
föräldralösa barn.

Elin tog hans hand och de gick uppför trappan.

"Visst var det Olga Ölund föreståndarinnan hette?" sa
Elin och kramade hans fingrar.

Mats nickade och slog lätt med kläppen.

Dörren öppnades och en ung kvinna log glatt mot dem.
"God dag! Vem söker ni?"

Mats harklade sig och svalde.

"God dag! Vi har bestämt möte med Olga Ölund."

"Välkomna! Jag heter Ulla och arbetar som barnskötare
här på hemmet. Stig på. Jag ska genast hämta henne."

Mats nickade artigt och de klev in i den jättelika hallen.
Ulla förvann uppför trappan.

"Gud vad nervös jag är", viskade Elin.

"Det är du inte ensam om. Tror du vi får träffa Sara?"

"Vem vet? Vi kanske inte får träffa någon idag", sa Elin
och slätade till sitt hår. "Ser jag bra ut? Inga fläckar
någonstans?"

Mats tittade granskande på Elin och pekade på näsan. ”Förutom en sotfläck där och persilja mellan tänderna så är du perfekt.”

 Elin skruvade orolig på sig. Han började skratta.

”Dummer!” sa hon och gned sig på nästippen.

”Du är jättefin, som vanligt. Men vårt utseende är nog inte det viktigaste just nu.”

Ulla kom skyndsamt nerför trappan och gick fram till dem.

”Olga Ölund kommer alldeles strax.” Barnsköterskan log ett ursäktande hastigt leende, öppnade en dörr och försvann.

En kvinna, klädd i mörkgrön klänning och beige stickkofta kom gående nerför trappan med stapplande steg.

”Ni får urdäkta om jag dannar lite på avdånd. Är så förkyld. Är det Mats och Elin Lundberg?”

Mats nickade och räckte fram handen för att snabbt dra den tillbaka.

”Ja, det är det.”

Föreståndarinnan halade upp en skrynklig trasa ur fickan.

”Urdäkta! Det här går inte. Jag ber någon annan ta hand om er. Vi får prata mer en annan dag. Men ni ska få träffa barnen”, sa Olga Ölund och snöt sig i näsduken.

Den förkylda föreståndarinnan försvann in genom en dörr och strax därpå kom Ulla tillbaka.

”Ni får hålla till godo med mig idag. Nu skall ni få träffa barnen. De har precis vaknat efter vilan.”

”Det skall bli roligt att få träffa barnen”, utbrast Mats och undslapp en svag skälvning på rösten. Elins tidigare nervositet verkade vara bortblåst och hon mötte lugnt hans blick och nickade.

”Då får ni följa med mig”, sa Ulla och fortsatte korridoren fram. ”Vi har sångstund idag och det brukar uppskattas av barnen. Som tur är slipper jag sjunga eftersom vi har Putte på besök. Han är duktig.”

Ulla öppnade dörren in till dagrummet. Mats hjärta bultade vilt. Tänk om Sara skulle känna igen honom. Han tog ett djupt andetag. Nej, det var omöjligt. Hon var så liten när han lämnade henne vid prästgården.

Mitt i rummet satt en rödhårig man på en hög pall och spelade glada toner på en gitarr.

”Per Olsson han hade en bonnagård! Ian lian lej!” sjöng mannen och gungade i takt. Barnen sjöng och klappade händerna.

”Hej! Får vi komma in?” sa Ulla och tog ett kliv åt sidan
för att släppa in Mats och Elin. Barnen tittade
förväntansfullt på besökarna.

Mannen med det yvigt röda håret vände sig mot barnen.
”Ska vi släppa in besökarna till vår sångstund?” Barnen
nickade blygt.

”Välkomna! Varsågoda att slå er ner hos oss”, fortsatte
mannen och pekade på de tomma stolarna vid bordet.
”Det är jag som är Putte. Lekfarbrorn.”

”Det här är Mats och Elin”, sa Ulla. ”De ville så gärna
få höra er sjunga.”

”Ja, och naturligtvis ska Mats och Elin också sjunga.
Visst kan ni den om Pers bonnagård?” sa Putte och
spelade ett ackord på gitarren.

Mats nickade och puffade Elin lätt i sidan. ”Se nu till att
sjunga riktigt vackert”, viskade han.

. . .

Sångstunden var över och det dukades fram saft och
bullar.

Mats såg nyfiket på barnen men vågade inte fråga efter
deras namn. Det fanns tre flickor som såg ut att kunna
vara i Saras ålder, lika söta allihop. Alla blonda. Han
mötte Elins blick som var lika undrande.

"Nu måste jag säga hejdå för denna gång. Var nu snälla mina barn, så skall vi ha spökstund nästa gång", sa Putte och reste sig från bordet.

Barnen gav till ett glädjetjut. Han plockade raskt ihop sina saker, vinkade och försvann från rummet.

Flickan som hade suttit intill Putte upptäckte helt plötsligt att hon blivit ensam vid bordsänden. Mats såg hur det ryckte i underläppen och tårarna som trängde fram. En uppgiven snyftning fick Ulla att vända sig om.

"Men lilla Sara. Hur är det fatt?" sa sköterskan och lyfte upp henne i famnen.

Mats hajade till. Utan förvarning fick han ett hårt tryck över bröstet. Herregud. Var kom denna reaktion ifrån? Han fick inte bli sentimental nu. Elin mötte hans blick och reste sig från stolen.

"Hej Sara! Ska jag läsa en saga för dig?" sa Elin och strök med handen över flickans kind.

Med hårt bultande hjärta följde Mats skådespelet. Såg hur Sara sträckte sina små armar mot Elin och lät sig fångas upp i hans kärestas famn. Inte gråta. Hur skulle det se ut?

Elin gick mot bokhyllan och lät flickan välja en bok. Mats ville rusa fram till dem, ville vara delaktig. Men rädslan för att bryta denna magiska stund fick honom att sitta kvar och betrakta på avstånd.

Med Sara i famnen slog sig Elin klumpigt ner i en fåtölj. De makade sig tillrätta och Elin öppnade boken. Hennes läppar rörde sig men det var omöjligt för honom att höra. Huvudet surrade av känslor han aldrig tidigare känt. Saras blick var fäst på Elins ansikte. Drömde han? Var det verkligen Sara som satt där tillsammans med hans fru? Flickans hand strök försiktigt över Elins armband. Strax därpå såg han hur hon plockade av sig den glittrande länken och virade det i två varv runt flickans hand.

"Besökstiden är över för denna gång", viskade Ulla ursäktande.

"Åh! Redan? Jag förstår." Han reste sig stelt från stolen och gick sakta fram till paret i fåtöljen. Elin tittade förvånat upp. "Det är dags att säga hejdå", sa han och gjorde en beklagande min.

Ulla böjde sig fram och tog Sara ur Elins famn. Mats tittade spänt på flickan och förväntade sig en reaktion. Men inte ett ljud undslapp från flickans mun.

Ulla pekade på armbandet. "Det här ska ni väl ta med?"

Elin ruskade bestämt på huvudet. "Det är Saras."

Sköterskan försvann ut i korridoren. Mats och Elin följde sakta efter.

Fru Ölund kom dem till mötes. "Hur gick det?" frågade hon vänligt och baddade den svettiga pannan med en näsduk.

"Vi vill väldigt gärna adoptera flickan Sara", sa Elin. Mats höll andan, tacksam för att hon bekräftade det han kände.

"Är ni på det klara med det? Behöver ni inte lite betänketid?" undrade fru Ölund skeptiskt.

Elin log. "Vissa saker vet man direkt."

Fru Ölund nickade. "Vi kan fylla i ansökningarna nu. Sedan gör barnavårdsnämnden ett hembesök. Om ni fortfarande är säkra på adoptionen avgör domstolen om ni får adoptera flickan.

…

Solen sken från en molnfri himmel medan Mats körde vägen hem till Gothem. Elins ansikte strålade av lycka. Han sträckte ut handen och strök henne över benet. "En helt korkad fråga men jag måste få höra ditt svar. Är du lycklig?"

Hon log och nickade. "Helt klart den dummaste frågan idag. Jag är överlycklig."

29

Elin och Mats stod tätt intill varandra vid köksfönstret och såg barnavårdsnämndens välpolerade bil svänga runt ladans gavel.

"Älskling! Vi klarade det. Ett steg närmare att bli föräldrar", sa Elin och kröp in i Mats famn.

"Ja, de såg nöjda ut. Fattas bara annat, som du skurat huset till långt inpå natten.

Elin fnissade. "Ja, till och med porslinets skåphyllor fick sig en släng av trasan när jag ändå var i farten. Och vilken tur att Margit hade en klar och redig stund."

"Verkligen. Men det var lite pinsamt när de såg mina kalsonger på klädstrecket."

Elin började skratta när hon såg hans generade min.

"Åh nej! Nu vet de pryda damerna att du har randiga kalsonger."

"Ja, skratta du! Tänk om vi blir underkända på grund av jag har fel mönster på kalsongerna. Skämt åsido. Det känns underbart. Nu är det bara att vänta på klartecken från myndigheterna."

”Kan du bära in den andra lådan från vinden också”, sa Elin och placerade den dammiga kartongen vid fotänden av dubbelsängen.

Mats rynkade på näsan. ”Menar du att jag måste in och rota på vinden ännu en gång?”

”Snälla”, bönade Elin och torkade bort dammet. ”Det är barnkläder i båda. Jag vill leta fram de finaste.”

”Ja, ja”, suckade Mats. ”Var står den?”

”Bredvid den stora spegeln.”

”Säkert att det inte är något mer som skall plockas fram?”

Elin ruskade på huvudet och öppnade locket. En våg av minnen och sentimentalitet sköljde över henne vid åsynen av de prydligt vikta plaggen. Hon tryckte en babyfilt mot ansiktet och ryggade tillbaka. Allt måste tvättas. Hon tömde lådan vartefter och sorterade kläderna i högar. Det verkade bara vara babykläder i den här.

Mats återvände med en något större låda och satte den på golvet.

”Har du plockat ur allt? Det ser ut att vara för smått”, sa Mats och höll upp en vit klänning med brodyrkrage.

”Ja, förhoppningsvis finns det jag letar efter i den andra”, sa Elin och plockade tillbaka allt i kartongen.

”Vad är det för kläder? Vart kommer de ifrån?”

Elin strök varligt med handen över högen av kläder. ”Det är mina. Jag har inte så mycket minnessaker från mina föräldrar. Men dessa lådor har troligtvis min mor packat. Märklig känsla.”

”Det förstår jag. Eller rättare sagt, jag tror att jag förstår. Nu öppnar vi den andra lådan.” Mats lyfte bort kartongen från sängen och ställde upp den andra framför Elin.

Försiktigt lyfte Elin på locket och tittade ner i lådan. Där låg den. Klänningen som borde passa Sara till sommaren. Hon höll granskande klänningen mot ljuset. Det mönstrade tyget med röda rosor på vit botten hade gulnat. Måtte det gå bort i tvätten.

”Vad har vi här då?” sa Mats och höll upp en blågrå yllekappa.

Elin strök med handen över kappans rygg. ”Åh, den hade jag när jag skulle vara fin. Mamma hade en likadan.”

Tillsammans gick de igenom lådan och hittade en hel del som skulle kunna passa Sara.

”Har du sett så fint?” sa Elin och räckte honom en gul kofta med vita knappar.

"Jättefint! Jag tycker om den blommiga sommarhatten och för att inte tala om den röda sammetsklänningen. Sara kommer att bli så fin."

"Den skall hon ha på julafton", sa Elin och torkade bort en tår ur ögonvrån.

Mats reste sig från sängen. "Älskling! Jag måste gå ut till djuren. Tittar du till mamma? Hon såg så väldigt trött ut förut."

"Självklart. Hjälper du mig att ta ner lådorna? Kläderna måste tvättas." Mats lyfte upp kartongerna och de gick tillsammans nerför trappan.

De mest tåliga plaggen lade hon i tvättmaskinen och de ömtåliga hamnade i en balja med varmt vatten och lite blekmedel. Varsamt tvättade och sköljde hon kläderna. Nu skulle de bara hängas till tork. Elin sträckte sig njutningsfyllt efter att stått böjd över tvättbaljan.

Maten! Hon gick in i köket, förberedde potatisen och vred på plattan Hon njöt av tystnaden och lugnet när tanken kom farande. Herregud Margit! Hur kunde hon glömma henne?

Elin skyndade till Margits rum, stannade och knackade försiktigt på dörren. Inget svar.

"Margit!" Hon fylldes av en obehaglig känsla. "Margit jag öppnar dörren." Med en viss tvekan tryckte hon ner handtaget. Dörren gled upp. Tystnaden i rummet slog emot. Margit låg på rygg i sängen med händerna knäppta över ett fotografi som låg på bröstet. En iskall kåre for längs ryggen.

Hon sköt igen dörren och småsprang ut till ladugården.

”Mats! Var är du?!”

”Här!” ropade han inifrån sadelkammaren.

”Mats!”

”Men snälla någon! Vad är det?” sa Mats oroligt och skyndade henne till mötes.

”Margit … jag tror … hon”, stammade Elin.

Inte ett ord kom över hans läppar. Han tog Elins hand och gick hastigt mot huset.

Hjärtat bultade hårt när Mats öppnade Margits dörr. Mats släppte Elins hand och gick sakta fram till sängen och lade två fingrar på Margits hals. Elin sökte oroligt hans blick.

”Det är slut”, sa Mats tyst och sjönk ner på knä vid sängen.

”Jag vet inte vad jag ska säga. Är så ledsen för din skull”, sa Elin och strök honom tröstande över ryggen.

”Jag med. Men nu är de tillsammans igen, mor och far”, sa Mats och torkade bort en tår.

”Vi måste ringa Viking Pärsson. Han måste komma hit.” fortsatte Mats med förtvivlan i rösten.

Elin såg hans bleka ansikte. ”Vill du att jag ringer?”

Mats nickade. ”Det vore snällt om du kunde göra det. Jag orkar inte riktigt ta in det här.”

De lämnade rummet. Mats stängde dörren ljudlöst, tog sin keps från hatthyllan och gick ut. Elin såg oroligt efter honom. Borde hon gå efter, eller?

Det bästa hon kunde göra för honom var att hjälpa till med allt det praktiska. Hon plockade fram telefonkatalogen ur skrivbordslådan och bläddrade snabbt fram till Gothem. Med darrande hand lyfte hon luren och slog siffrorna till socknens läkare.

30.

Margits begravning genomfördes och dagarna flöt på. Elin gick som på nålar, livrädd att Mats tänkte backa ur adoptionen eftersom han inte nämnt Sara överhuvudtaget efter sin mors död. Men två veckor efter begravningen smög han upp bakom henne när hon stod och diskade och tryckte näsan mot hennes nacke. En ilning for genom kroppen. Det kändes som en hel evighet sedan han rörde vid henne.

"Älskling! Visst är det dags för Sara att flytta hit?"

Hans ord fyllde henne med en enorm lättnad. I detta ögonblick brast muren mot en eventuell besvikelse och tårarna bröt fram. Hon slet åt sig en linnehandduk och tryckte den mot ansiktet.

Han släppte genast taget och vände henne mot sig. "Hur är det? Är du ledsen?"

"Nej älskling. Jag är så lycklig. Glad över att du äntligen sa de efterlängtade orden. Jag började nästan tro …" snörvlade hon fram.

"Att jag ändrat mig angående Sara?" fyllde han i och strök henne över kinden. "Aldrig i livet. Jag längtar lika mycket som du."

Elin öppnade väskan för fjärde gången. Ingenting fick fattas då de skulle hämta Sara. Klänning, kappa, mössa. Hon fick syn på kängorna. Vinterskorna de köpt hos skomakaren i Roma. De måste så klart också med. Kvickt la hon ner de röda kängorna i väskan.

Natten som gått hade blivit sömnlös. Hennes längtan efter Sara hade växt sig så stark att det gjorde ont. Mats verkade betydligt mer sansad. Hur kunde han vara så lugn?

Ytterdörren for upp och Mats tittade in. ”Är du klar?”

Hon såg förvånat på honom. ”Men oj! Du är helt vit i håret. Snöar det?”

”Det vräker ner. Jag får ta på mig en mössa. Det är riktigt kallt och halt, så vi måste köra försiktigt.” Han borstade bort snön och drog på sig en stickad grön luva.

Elin tog på sig scarfen och lade den prydligt runt halsen under kappan hon ärvt av sin mor.

”Du är så fin! Varför har du inte använt kappan tidigare?” sa Mats och tittade beundrande på Elin.

”Det kan man fråga sig. Bättre sent än aldrig. Tycker du att jag överdriver?” sa Elin och knäppte kappan.

”Att du och din blivande dotter ska gå omkring i likadana gråblåa kappor med lammpäls på kragen? Absolut inte! Det visar bara på att ni hör ihop.”

Han höjde på ögonbrynen i en överdriven gest och log ett snett leende.

”Menar du vad du säger eller ska jag lita till din min?” sa Elin irriterat.

Mats gav henne en puss på munnen. ”Du är så fin. Nu åker vi, tycker jag”, sa han och höll upp ytterdörren. ”Kom ihåg väskan.”

Elin vände på klacken och ryckte åt sig väskan från byrån.

…

När Mats parkerade bilen utanför barnhemmet bultade hans hjärta hårt av nervositet men också av förväntan. Han tog Elins hand och kramade den när de skyndade uppför trappan. De hann knappt lyfta på kläppen innan dörren öppnades.

  ”Välkomna!” sa Ulla med ett stort leende.

  ”Tack! Vi är så glada över att få hämta Sara”, sa Elin och tog av sig kappan. Hon tog en galge och hängde upp plagget på hatthyllan. ”Ge mig din rock så hänger jag upp den.”

Mats gjorde som hon sagt och torkade av handsvetten på byxorna. Det borde ha varit en lycklig stund men han anade att Sara inte tyckte om honom. Känslan av att vara utanför hade växt för varje besök. Han ville så gärna ta flickan i famnen. Men Sara ville inte ens se på honom, hade vänt sig bort och tryckt sig längre in i Elins famn.

Ulla öppnade in till dagrummet och lät dem stiga in.

Föreståndarinnan reste sig från stolen och gick emot dem. "Välkomna! Vilken vinter det blev. Verkligen vackert men halkan är otäck."

Mats nickade. "Ja, vem hade kunnat tro det för en vecka sedan. Tvära kast."

"Jag måste få säga att Sara inte kunde få det bättre än så här. Elin kommer att bli en utmärkt mor till flickan", sa fru Ölund.

Mats tittade på Sara som ställt sig upp. "Så sant!" Det högg till i bröstet. Att fru Ölund hade rätt om Elin tvivlade han inte på men skulle han själv bli en bra far?

"Jag skall se efter om allt är i ordning inför Saras avfärd", sa fru Ölund och försvann ut.

Elin lyfte upp Sara och slog sig ner i en fåtölj. "Mats! Kom hit och sätt dig här hos oss", sa Elin och pekade på fåtöljen intill.

"Ja … jo, självklart. Visst ska jag göra det."

Mats satte sig till rätta och lyssnade till Elins berättande röst med slutna ögon. Han försökte kväva en gäspning.

…

"Mats, sover du?"

Han tittade yrvaket upp. ”Förlåt, det var verkligen inte meningen.”

”Ingen fara! Du sov dåligt i natt. Har du sett så fin Sara är i klänningen?”

”Oj! Har jag sovit så länge? Mats tittade på Sara och log mot henne. ”Du är jättefin!”

Sara tittade blygt ner i golvet medan hon gick fram och tillbaka.

”Kom hit Sara! Vi ska prova de nya stövlarna”, sa Elin och höll upp pjäxorna.

Sara höll ett stadigt tag om Elins arm medan hon försiktigt stoppade ner foten i stöveln.

Mats böjde sig fram mot Sara. ”Vi måste knyta en rosett!” Genast tog hon några steg från honom och tryckte sig mot Elin. Han undslapp en sorgsen suck och satte sig upp.

”Så där ja! Det var en sko det”, sa Elin och placerade den andra framför Sara. Stolt trampade hon i den. ”Ska jag knyta den också?” Sara ruskade på huvudet och gick med ett överdrivet stampande fram till honom. Det klickade till av glädje och han kände en tår bryta fram i ögonvrån.

"Får jag knyta den?" sa Mats glatt. Hon tittade under lugg med ett finger i munnen och nickade.

Den osynliga muren var borta. Han till och med fick hjälpa henne på med kappan.

"Men gud vilken liten prinsessa!" utbrast Olga Ölund och slog ihop händerna.

Mats och Elin tittade beundrande på Sara och nickade instämmande.

Föreståndarinnan räckte fram en väska till Elin. "Det här är lite småsaker som vi väldigt gärna vill skicka med."

Elin tog emot väskan och tackade.

"Då önskar jag er lycka till. Ni får gärna höra av er om ni undrar över något. Hej då Sara!" sa fru Ölund och klappade Sara på huvudet.

Sara tittade blygt på föreståndarinnan och höll ett hårt tag om två av Mats fingrar.

"Vi kan alltid höra av oss om än bara för att berätta hur det går", sa han glatt.

Källardörren öppnades och Ulla kom springande mot dem. "Pust! Ni får inte åka utan att jag fått säga hejdå." Ulla lyfte flickan och kramade henne. Sara skrattade mot Ulla men så fort hon kom ner på golvet tog hon Mats hand igen.

Stentrappan till barnhemmet var täckt av snö.

Tillsammans gick de ner. Han vände sig om och såg deras fotspår i orörd snö. Spåren av en familj.

31.

Elin reste sig försiktigt från sängkanten, rädd att väcka Sara. Det hade inte blivit mycket sömn. Sängen till Sara som Mats målat och gjort fin ratades från första stund. De hade till slut kapitulerat och Sara hade somnat av utmattning på tvären i deras dubbelsäng.

Hon gnuggade ögonen och tittade på väckarklockan. Halv sex. Mats sänghalva var tom. Klockan hade varit runt halv tre när de äntligen kom till ro. Huvudet pulserade oroväckande. Tyst öppnade hon dörren och smög nerför trappan.

Huttrande drog hon morgonrocken tätare om sig. Det var kallt i köket. Elin tittade ut genom fönstret och såg att det lyste i ladugården. Stackarn. Så trött han måste vara. Det var i alla fall mindre jobb med djuren eftersom de sålt av de flesta. Men hästarna tänkte de behålla, dem ville hon inte göra sig av med. Äntligen skulle Mats få öppna sin alldeles egna efterlängtade bilverkstad.

Hon fyllde på kaffepannan och ställde den på plattan. Kaffet kokade upp och hon drog den från plattan. En ljuvlig arom fyllde köket. Elin bredde en smörgås, fyllde koppen med den varma drycken och slog sig ner vid köksbordet. En kåre av välbehag strömmade genom kroppen. Tänk att deras dröm hade slagit in. De hade blivit föräldrar. Hon hade blivit mamma. Första natten avklarad.

Elin svalde det sista av smörgåsen och reste sig. Bäst att se efter om flickan vaknat.

Försiktigt smög hon uppför trappan och gläntade på dörren. Elin kikade in i rummet.

"Jag saknar dig", mumlade Sara snyftande medan hon sakta strök Elins huvudkudde.

"Sara", viskade Elin och tittade spänt på flickan. Ingen reaktion. Sara sträckte sig efter kudden, drog den intill sig och lade sig tillrätta.

Det högg till i hjärtat. Flickan pratade i sömnen. Vem var det hon saknade? Så orättvist. Här var hon lycklig över att ha blivit mor men inte tänkt på att flickan förlorat de hon levt med under sina år. Hur tänkte hon här? Självklart skulle flickan inte behöva vakna ensam i ett främmande hus. Elin lade sig tätt intill den lilla kroppen, lade täcket över dem båda och drog ett skälvande andetag. Så här skulle det vara. Hon skulle se till att inget saknades Sara.

32.

26 juni 1966

Mats öppnade ytterdörren på vid gavel och tog emot Ella, Putte och en pojke som kom skyndande genom hällregnet uppför verandatrappan.

"Hej! Så roligt att ni kunde komma", sa Mats glatt och räckte fram handen. Pojken backade blygt in bakom Putte och Ella.

"Hej! Vilket midsommarväder det blev", sa Ella och drog av sig den blöta koftan.

Mats räckte henne en galge.

"Tack! Ja, den här lär jag inte kunna använda på en stund. Det här är Evert, han har precis flyttat hem till oss", fortsatte Ella leende.

"Trevligt att träffas", sa Mats och räckte fram handen till pojken. Evert såg upp mot Putte för att sedan tveksamt ta emot den.

"God dag", sa Evert tyst.

I samma stund kom Sara ut från salen. Hon brast ut i ett glädjetjut och rusade mot dem. Putte fångade henne i farten och lyfte henne till sina axlar.

"Håll i dig! Du är alldeles för lång, måste korta av mina
ben", sa Putte och böjde på knäna när han gick genom
dörröppningen in till salen. Sara kiknade av skratt. Med
stora ögon betraktade Sara paketet med färgglada
blommor som Ella hade i handen.

"Lyft ner flickan. Hon måste få öppna sitt paket", sa
Ella.

Sara dansade runt på salens parkett till gratulanternas
sång. Mats log. Det var omöjligt att inte ryckas med i
hennes glädjerus. Att Sara redan hade hunnit bli sex år
var det svårare att förstå. Ella omfamnade Sara och räckte
fram paketet.

"Vad det är underbart att se att hon mår bra." Ella såg
sig om. "Var är Elin?"

"Hon kommer strax! Lite ångest över om hon skulle ta
den blå eller röda blusen", sa Mats och skrattade.

"Kan tänka mig det. Hon passar bra i båda", sa Ella och
följde vaksamt Evert med blicken där han for fram som
en vilde över möblerna. Hon tittade uppfodrande på
Putte.

"Tänk att ni också valde en pojke från hemmet. Går det
bra? Han verkar ganska vild", sa Mats orolig när Evert
kom farligt nära Elins älsklingsvas. En bröllopsgåva från
släkten.

”Evert!” utbrast Putte barskt. ”Vi leker inte nudda golvet borta vid andra. Det får du göra hemma.”

Genast stannade pojken upp och klev ner från byråns marmorskiva.

Elin kom in i salen.

”Mamma!” ropade Sara lyckligt och sprang emot Elin viftande med ett paket. ”Jag har fått en present”

”Ska du inte öppna det?” Elin vände sig leende mot gästerna. ”Hej! Välkomna. Slå er ner. Egentligen hade vi tänkt sitta ute i trädgården men nu är det verkligen inte väder för det.”

”Det är mysigt med regn”, sa Evert och klev upp i fönstersmygen.

”Men Evert! Inte gör man väl så?” utbrast Ella förfärat.

”Det gör inget. Jag brukade själv sitta där som liten pojk”, sa Mats lugnt.

Sara satte sig på knä på en stol vid bordet. ”Mamma hjälp mig.”

”Ska jag hjälpa dig att öppna presenten? Det kan du så bra själv”, sa Elin och föste paketet till flickan.

Försiktigt drog Sara av pappret och en färgglad låda blev synligt. "Ett Pussel! Med kattungar på. Mamma jag vill ha en kattunge."

"Men vad fint. Se hur kissarna leker med garnnystanet", utbrast Elin och strök Sara över håret.

Mats mötte Elins blick och lämnade rummet.

Spänd över Saras reaktion lyfte han den lilla gråspräckliga sovande kattungen från korgen i grovfarstun. Den gnydde till. Han strök den varligt över ryggen och skyndade tillbaka.

"Pappa! Se … kattungar."

Mats hörde Saras ivriga rop inifrån salen.

"Jag kommer!"

Sara släppte genast pusslet och föste det åt sidan när hon fick syn på kattungen i hans famn.

"En kisse … en riktig…", tjöt hon lyckligt.

Mats satte sig bredvid Sara. Hon sträckte försiktigt fram handen men ryggade tillbaka när den pep till. "Jag vågar inte."

"Den är inte farlig. Vi håller den tillsammans", sa han och kliade katten under hakan.

Sara klappade trevande och drog den varsamt mot sig när Mats lyfte bort sin hand. Kattungen undslapp ett litet pip.

Elin mötte Mats blick och nickade. "En perfekt present. Var har du fått tag i kattungen och hur har du lyckats hålla den hemlig?"

"Katten kommer från Busarve", sa Mats stolt och log. "Nu dricker vi kaffe och äter tårta tycker jag."

Sara klev ner från stolen och sprang ut från salen.

"Vad hände?" undrade Elin och såg frågande på Evert som lyfte upp katten. Han la sig på golvet och kliade djuret på magen.

"Hon skulle hämta något."

Sara kom rullande med en rosa dockvagn. "Den här har jag fått!" utbrast hon.

"Nämen har du fått en dockvagn!" utbrast Ella.

Sara nickade stolt och parkerade den intill kattungen. "Kisse ska ligga här i. Pappa hjälper du mig?"

Mats tittade frågande på Elin som ryckte på axlarna.

"Låt gå. Sängkläderna går att tvätta."

Katten gäspade stort och rullade ihop sig till en boll när Mats la ner den. Med katten sovande i vagnen intill Saras stol slog de sig ner vid bordet.

”Det är en plats över. Kommer det fler gäster?” sa Ella förvånat när hon satte sig bredvid den tomma platsen.

Putte flinade och lade varligt handen på Ellas mage. ”Antar att de har sett hur det är fatt. Du har blivit lite rund gumman och då kan man behöva två stolar.”

”Men herregud! Är det sant? Väntar ni smått?” utbrast Elin glatt.

Ellas kinder blev allt rödare.

”Fåntratt! Det var inte speciellt vänligt sagt”, sa Ella och blängde surt på Putte. ”Men det är sant. Har precis gått in i femte månaden.”

”Så spännande. Jag hade önskat …” sa Elin för att tystna tvärt. ”Jag menar att jag är så glad att ha Sara.”

Elin böjde sig fram mot Ella. ”Det är lite märkligt, men stolen är till Saras osynliga vän. Hon har funnits här, nästan hela tiden sen Sara flyttade hit. Ninni heter hon. Nåde oss om vi glömmer att duka till henne. Ninni har även en egen huvudkudde i Saras säng. Lite konstigt är det allt. Men vi spelar med. Nu när hon fått kattungen går det säkert över.”

33

Juni 1968

Mats lade telefonluren i klykan och stirrade tomt på brevet från farbroderns advokat i sin hand. Hur skulle han nu komma vidare? Farbror Edvard var död. Han var den som hade ordnat med adoptionen av Saras tvillingsyster. Dessutom var förmedlaren mellan honom och Edvard också död. Han förbannade sig själv för att inte ha tagit tag i saken tidigare men de hade aldrig haft någon egentlig kontakt och det hade varit lätt att skjuta det framför sig.

Mats ryckte åt sig fotografiet från skrivbordet och såg sorgset på kortet av Sara. Nu fanns det ingen som kunde hjälpa honom att hitta flickan.

Det tog emot men han var tvungen att åka till Vimmerby för att besöka Linnéa, Edvards fru. Kanske fanns det några brev eller papper kvar som kunde hjälpa honom en bit på vägen till att hitta systern.

Dessutom skulle han få ärva en ring och slipsnål. Det kändes lite märkligt. Han hade inte träffat sin farbror på minst tio år, inte sedan de flyttade till Vimmerby. Men de hade inga barn och då tillföll arvet honom.

Mats lutade sig mot relingen och sög in förmiddagens varma solstrålar. Vattnet låg spegelblankt där de sakta gled in mot hamnen i Västervik. En motorbåt med glatt vinkande passagerare studsade fram på vattenytan. Han skulle också kunna tänka sig att äga en sådan båt men det hade inte blivit av att skaffa någon.

Det skorrade till i högtalaren och resenärerna ombads gå ner till sina bilar. Det märktes att det var högsäsong för trappan ner var sprängfylld av människor med väskor, korgar, djur och skrikande barn. Hur han än försökte komma fram var det något i vägen. Men helt plötsligt lossade proppen i trappan och folket vällde ut. Lättad hittade han bilen och klev in.

Det skramlade till i bilen när han körde över rampen. I backspegeln såg han båten försvinna allt längre bort och drog en tung suck. Nu gällde det att hitta vägen dit. Han hade tur för strax därpå fick han syn på skylten mot Vimmerby. Det var bara att fortsätta rakt fram.

Mats stannade till vid brevlådan utanför den stora vidlyftiga syrenhäcken och läste på namnskylten: E Lundgren. Innanför häcken öppnade sig en gårdsplan där gräs och ogräs fått fria tyglar. Kanske inte så konstigt med tanke på omständigheterna. I brevet från advokaten hade det stått att Linnea var något förvirrad. Skulle hon förstå vem han var?

Han parkerade bilen framför huset och klev ur. Det ömmade lite i höger sida av ryggen efter bilfärden, men det lättade när han sträckte på sig. Han såg på det röda trähuset med den vackra verandan och dess vita snickerier. Till och med fönsterna var försedda med snickarglädje. På verandan stod två krukor med rosa blommor. Pelargoner, gissade han

Det knarrade till i trappan när Mats tog klivet upp till ytterdörren. Han knackade på dörren och väntade spänt. Flugorna surrade enträget runt honom. Skjortan klibbade otrevligt mot ryggen. En dusch hade suttit fint. Inte ett ljud hördes inifrån. Han lyfte handen och knackade igen, lite hårdare.

Hade Linnea blivit så förvirrad att hon glömt bort honom?

Motorljud närmade sig utifrån vägen och ett stort dammoln tornade upp sig bakom häckens gröna blad.

Det rasslade till i gruset på gårdsplan när en bil bromsade in. En bildörr öppnades. Genom dammolnet uppenbarade sig en ung kvinna med solhatt och ett par enorma gröna solglasögon. Ur hennes mun bildades en stor rosa bubbla som avslutades i en smäll.

Kvinnan vinkade glatt. ”Hallå där! Är du snubben från Gotland?”

”Snubben från Gotland?” undrade Mats roat.

”Jag skulle dumpa av ett par nycklar. Vill du ha dem eller inte?” fortsatte hon idisslande på tuggummit.

”Känner du Edvard och Linnéa? Jag menar Linnéa Lundgren.”

Kvinnan nickade och tog av sig solglasögonen. ”Jag heter Penny Almhagen och jag brukar hjälpa henne med handel och andra ärenden. Hon har varit min skolfröken. Vad heter du?”

”Mats Lundgren. Jag är brorson till Edvard”, sa Mats och räckte fram handen.

Penny såg granskande på honom innan hon tog hans hand. ”Du är inte speciellt lik honom.”

”De var halvbröder.”

Penny nickade. ”Jaha. Här har du en nyckel till huset.”

Förvånat tog Mats emot nyckeln. ”Var är Linnéa?”

”Vet du inte det?”

Mats ruskade på huvudet. Det var visserligen ett par dagar sedan han pratade med henne.

Penny la huvudet på sned. ”Hon ligger på sjukhus. Kommer troligtvis hem i morgon. Så du har huset för dig själv. Jag har handlat hem lite mat, så du behöver inte svälta. Men nu har jag väldigt bråttom. Måste sticka. Har skrivit ner mitt telefonnummer om du behöver nå mig. Tjingeling!"

Penny hoppade in i den svarta sportbilen och vinkade glatt innan hon for iväg med gruset sprättande efter.

Mats tittade tveksamt på huset, tog ett djupt andetag och gick uppför trappan. Han satte nyckeln i låset. Att han skulle sova ensam i ett främmande hus fick honom att känna sig som en inkräktare.

Handtaget kärvade och han blev tvungen att ta i för att få upp dörren. Det spädde ytterligare på känslan av att vara ovälkommen.

Äsch! Nu fick han rycka upp sig. Förmodligen var det värmen och resan som gjorde honom trött. Kaffe! Det var nog det som saknades, han behövde något stärkande.

 Mitt på köksbordets gulblommiga vaxduk låg en handskriven lapp. Han ställde ner väskan på golvet och satte sig. Jaha … vad har vi här då?

Pennys telefonnummer 289 34.

Penny, vilket märkligt namn. Han fyllde kaffepannan med vatten och såg sig omkring. Kunde det vara kaffe i kopparburken? Tack och lov, det var det. Magen kurrade. Det var flera timmar sedan han åt frukost. Lika bra att se efter vad Penny handlat hem.

Han öppnade kylskåpet. Ser man på! Hon hade inte snålat, för i kylskåpet fanns flera sorters pålägg, mjölk, och ägg. På köksbänken låg en limpa. Han behövde inte lida någon nöd.

. . .

Mätt och belåten plockade Mats av bordet. Besticken han använt, diskade han upp. Han beslöt sig för att gå en runda i huset. Vardagsrummet var belamrat med möbler och saker. Fönsterna var fyllda av halvdöda krukväxter och prydnadssaker. En adventsljusstake med mossa och konstgjorda flugsvampar stod placerad ovanpå en dammig radio. Väggarna var fyllda med tavlor och fotografier. Det kliade i näsan av allt damm. Han vände på klacken och gick tillbaka till köket.

Hur var det egentligen fatt med Linnéa? Hon hade låtit väldigt förvirrad när han pratade med henne senast. När han hade beklagat Edvards död hade hon låtit väldigt förvånad.

   ”Vad då? Död?” hade hon sagt.

Då hade han trott att hon var vimsig på grund av makens död samt att hon kanske hörde dåligt. Men att hon blivit inlagd på sjukhus kunde tyda på att hon var värre däran än så.

Var skulle han sova, fanns det ett gästrum? Bara det inte var lika trångt och dammigt överallt. Det iskalla vattnet från kranen i köket fick strupen att må bättre. I köket var det åtminstone rent och fint.

Mats öppnade den andra dörren i köket och drog en lättnadens suck när han såg den bäddade sängen. I fönstret stod en vit vas med en bukett röda rosor. Fönstret var putsat och inte ett spår av damm. Tack och lov! Han hade verkligen ingen lust att ge sig ut och leta efter ett annat ställe att sova på.

En dov telefonsignal hördes från andra sidan huset. Han ryckte på axlarna. Förmodligen någon som sökte Linnéa.

…

Mats plockade fram sin bok och la den på sängen. Han gäspade stort. Gud vad trött han var. Det var många timmar sedan han steg upp i morse och det kändes i kroppen. Varför inte vila en stund? Det fanns ändå inget han kunde göra nu, Linnéa måste visa honom var Edvards papper fanns.

Mats vecklade ut filten över sig, la sig tillrätta och öppnade boken. Kanske gick det bättre att läsa nu, för på båten hade han bara tappat tråden. Så det var till att börja från början.

”Hallå! Är du helt döv?!”

Mats vaknade med ett ryck ur drömmen och såg förvånat
på Penny där i dörröppningen.

”Förlåt! Vad …? ” sa han matt och försökte skaka bort
sömnen.

”Här har jag ringt åtskilliga gånger till dig, men du
behagar inte svara”, sa hon märkbart irriterat.

”Ringt?”

”Du vet en sådan där apparat med snurrskiva och lur.
Eller har ni inte sådana på Gotland?”

Mats satte sig upp på sängkanten och såg roat på den
färggranna kvinnan.

”Telefon? Nej vi har ingen telefon på Gotland”, sa han
och försökte hålla sig för skratt.

”Och inte öppnade du dörren heller. Fast jag bankade
det hårdaste jag kunde.”

”Jag ber om ursäkt! Var så trött efter resan och
somnade som vanligt ifrån min tråkiga bok.”

”Ursäkten godtagen!” sa hon och slog sig ner bredvid
honom på sängen. ”Visst hade jag gjort det fint för dig,
med blommor och allt. Det var Linnéa som propsade på
röda rosor. Jag tyckte att vi kunde ha välkomnat dig med

en back öl eller flaska Whiskey. Men hon är ju absolutist, så det var inte till att vänta sig något annat."

Mats gned sömnen ur ögonen och drog handen genom håret. Märklig känsla att sitta här på sängen med en annan kvinna än sin fru.

"Tack! Jättefint. Jag tycker jättemycket om blommor. Men en öl hade inte heller varit fel."

"Vet du! Jag råkar faktiskt ha några i bilen. Du kan få några om du bjuder mig på en kopp kaffe." Penny reste sig hastigt från sängen och försvann ut ur rummet.

En doft av blommig parfym dröjde sig kvar. På håll hörde han en bildörr slå igen och strax därefter hördes raska steg in till köket. Kylskåpsdörren öppnades och stängdes.

"Jag sätter på kaffe när jag ändå står här!" ropade Penny.

Mats reste sig från sängen och slätade till överkastet. Parfymen från Penny låg ännu kvar.

"Vad gör du egentligen här? Jag menar … inte för att låta ohövlig men…" började han.

"Varför jag är här?" fyllde hon i och satte på locket till kaffeburken. "De ringde från sjukhuset. Linnéa blir kvar där veckan ut."

Han slog sig ner vid köksbordet. "Jaså? Har hon blivit sämre?"

"Som sköterskan sa till mig. De ville ta det säkra före det osäkra. Det var allt de kunde säga."

"Vilken otur … då blir jag väl tvungen att åka hem utan att få gå igenom Edvards papper", sa Mats och kastade en blick genom fönstret.

"Absolut inte! Du fick så gärna stanna ändå, lät de hälsa från Linnéa. Jag skulle visa dig var Edvard hade sina papper. Det som finns kvar. Gumman har eldat en hel del, ska du veta."

Kaffepannan signalerade med en vissling och Penny dukade fram kaffekoppar.

"Vi låter kaffet sjunka en aning. Jag kan visa dig Edvards skrivbord så dricker vi sen i lugn och ro. Senast om en timme måste jag åka."

Han nickade och gick efter Penny genom det dammiga vardagsrummet.

"Här är ett av de få ställen hon inte rensat än. Det märks, eller hur?" sa Penny och kvävde en nysning. Hon öppnade en dörr i andra änden av rummet och gick in.

En stark lukt av möbelpolish hängde kvar i luften. Det såg definitivt rensat ut. Inte en pryl såg ut att ligga fel, allt prydligt ordnat.

”Edvards rum eller kontor, vad man nu vill kalla det. Det är lite mörkt här”, sa hon och sträckte sig efter strömbrytaren till Strindbergslampan på skrivbordet. Ett behagligt sken lyste upp skrivbordet.

Han ryckte försiktigt i skrivbordets ena låda.

”Det är låst! Nyckeln ligger i porslinsskålen”, sa Penny och pekade.

”Ok! Jag går igenom det senare. Nu dricker vi kaffe.”

Mats undslapp en suck och satte sig vid köksbordet. Penny var absolut söt och rar men ack så pratsam. Han hade tappat räkningen på hur många gånger hon sagt hej då, lämnat huset för att strax komma tillbaka igen. Nu hade hon äntligen åkt. Från fönstret kunde han se dammolnet från bilens framfart likt en tung ridå längs vägen.

Trött var bara förnamnet på vad han var, snarare helt slut. Den sista halvtimmen hade känts evighetslång och han hade kämpat för att hålla ögonen öppna. Lite kymigt att bo här ensam mitt i skogen. Men han hade inget annat val. Han reste sig från bordet och gick in i det dammiga rummet. Det fanns en teve, men blotta tanken på att sätta sig där tog emot.

Radion! Den kunde han lyssna på. Lättad tog han den med sig ut till köket och ställde den på diskbänken. Med disktrasan torkade han den ren och satte kontakten i eluttaget. Det knastrade till. Han rattade in rätt frekvens och rummet fylldes av musik. Härligt! Med ens försvann tröttheten och nyfikenheten vaknade till liv. Nu skulle det bli spännande att se vad som fanns i skrivbordet. Han tog radion och gick till Edvards kontor.

Mats öppnade porslinsskålen och tog ur nyckeln. Den kärvade en aning innan den kom rätt i låset, men gled sedan lätt runt. Besviket såg han på den tunna högen av papper i lådan. Det var inte mycket. Mest reklamblad och olika broschyrer. Han ryckte ur nyckeln och satte den i den andra lådan.

Inte några papper där heller, men en liten ask. *Till min brorson Mats Lundgren* stod det på locket. Han ruskade lätt på paketet och lyfte på locket. Slipsnål och klackring. Ja, det hade stått något om det i brevet. Men var fanns alla papper? Farbrodern var den enda som kunde lämna någon information om adoptionen. Fanns det inget skrivet skulle det bli omöjligt att hitta henne. Mats suckade, inte ens ett namn kunde han ge till Sara.

Han gned sig i ögonen och såg på sekretären under fönstret. Resolut reste han sig från skrivbordet. Mats ryckte i locket. Låst! Han letade runt i rummet. Ingen nyckel. Det knakade oroväckande när han med lätt våld försökte få upp locket. Hastigt släppte han taget. Det skulle verkligen se illa ut om han förstörde sekretären.

Irriterad sjönk han ner på skrivbordsstolen. Borde han besöka Linnea? Det var länge sedan han träffade henne. Kunde det ha varit 1959? Ja, så var det nog. Det måste ha varit då de flyttade hit till Vimmerby.
Med en viss tvekan tog han upp den vikta lappen med Pennys nummer och lyfte på luren.
Tredje signalen gick fram. Nej, hon verkade inte vara hemma, lika bra att lägga på. Fjärde signalen gick fram och det rasslade till i luren.
"Penny", sa en grötig röst.
Mats tittade på väggklockan. Kvart i tio. Så dumt av honom. Han borde ha väntat till imorgon.

"Hej! Det är Mats. Förlåt … Jag tänkte inte på att det var sent. Väckte jag dig?"

"Jag sov. Men det gör inget. Har det hänt något?" undrade Penny.

Mats tittade på sekretären. "Jag funderar på att hälsa på Linnea. Men jag har ingen aning om vilket sjukhus hon ligger på."

"Linnea sa att hon inte ville besvära dig med något, men jag tror säkert att hon skulle uppskatta ett besök. Det är en bit att köra, men jag ska till Västervik i morgon. Om du vill kan du få åka med mig. Ska vi säga vid halv elva?"

"Tack, det var snällt."

"Då säger vi så. Ses i morgon. God natt!"

Med blicken ut mot den månbelysta gården la Mats luren i klykan. Han stelnade till med handen på telefonen. Var det någon där ute? Det såg ut som om någon stod vid staketet. Med obehag släppte han taget om luren och sträckte sig efter strömbrytaren. Utan att ta blicken från gestalten vid staketet väntade han på att ögonen skulle vänja sig vid mörkret.

Det fanns ingen där. Allt var stilla. Inte ens en minsta krusning bland trädens löv. Mats förstod inte varför men han var säker. Någon hade varit där. Eller hade det bara varit ett djur?
Olustigt reste han sig och gick till köket. Han tappade upp ett glas iskallt vatten och drack i stora klunkar, slet åt sig asken med smyckena och gick mot badrummet.

Mats vaknade ur drömmen av en smäll. Vad var det? Han höll andan. Allt var tyst. Hjärtat bultade hårt. En blick på klockan. Halv tre. Äsch! Så dumt att ligga och skrämma upp sig. Han blundade, tog några djupa andetag, gäspade och vände sig om.

34.

Solens strålar kittlade honom lekfullt på ögonlocken från glipan vid rullgardinen. Nattens sömn hade varit god, trots uppvaknandet mitt i, han kände sig utvilad. Mats steg upp och drog i snöret till gardinen som lydigt rullade upp sig. Oron från igår kväll var bortblåst och utsikten från fönstret var idyllisk.

Hur mycket var klockan? Halv åtta. Då hade han gott om tid att tvätta sig och äta frukost. Mats öppnade väskan och tog fram en ren skjorta. Den han hade igår var inte smutsig, men han ville göra ett gott intryck på Linnéa.

Han vred på kranen och lät det rinna tills varmvattnet kom fram. Han öppnade badrumsskåpet. Inte ett spår av Edvard. Hade hon verkligen lyckats göra sig av med allt som påminde om honom? Den fläckfria spegeln mötte hans ansikte när han stängde skåpet. I bakgrunden såg han en grönskade bakgård genom badrumsfönstret. En plåttunna? Brukade man inte elda i dessa? Han tvättade av sig i all hast och gned sig torr. En blick i spegeln. Behövde han raka sig? Nej, hans skäggväxt hade aldrig varit något att skryta över.

Medan Mats väntade på att kaffet skulle sjunka i kaffepannan dukade han fram till frukost. Det hörde inte till vanligheten att de åt rostat bröd med marmelad där hemma. Han vek undan brödrostens galler från brödskivan och lade den gyllenbruna skivan på en tallrik. Så på med en rejäl klick smör. Det smälta smöret lade sig som en ljuvlig hinna på tunga och gom. Så gott!

Mats lyfte på asken från Edvard och ruskade den lätt. Slipsnål och klackring av guld. Måste vara värt en hel del. Lite märkligt att ge den till honom, men de hade inga egna barn. Han lyfte på locket. Tog ur ringen och satte den på ringfingret. Passade perfekt. En slipsnål. När skulle han använda den? Han la nålen på bordet. Mats hämtade kaffepannan, fyllde koppen och klämde fast två brödskivor i brödrosten.

När han tog asken för att lägga tillbaka sakerna skramlade det till. Fanns det något mer i den? Han lyfte ur den skårade sammetsdynan. En nyckel? En bränd doft nådde hans näsa och en tjock rökpelare steg upp från brödrosten. I all hast drog han ur sladden och plockade bort två svartbrända brödskivor.

Mats öppnade dörren till kontoret och gick med raska steg fram till sekretären. Hjärtat bultade hårt när nyckeln gled i. Med lätthet gick den runt i låset och avslutade med ett klick. Locket gick nu att öppna

Men … vad var det här? Han böjde sig ner och tog upp en träflisa. En iskall kåre for längs ryggraden. Den hade definitivt inte legat där igår kväll. Mats kastade en blick på golvet. Sågspån? Hade någon varit här inne i alla fall? Var det därför han hade vaknat?

Han vägde flisan i handen och mindes ljudet han hört under natten. Men ytterdörren hade ju varit låst så ingen borde ha kunnat ta sig in … så vida det inte fanns fler nycklar?

Mats lyfte locket på sekretären. Oj! Vad mycket papper. Blicken fastnade på ett hopvikt ark. *Till Mats Lundgren* stod det med prydliga bokstäver. Hjärtat bultade allt hårdare. Varför var sekretären låst? Hade farbrodern något att dölja?

Hej Mats!

När jag skriver detta brev har jag inte långt kvar. Mitt hjärta har redan gått igenom en operation och jag vågar inte hoppas på att

233

det lyckas ännu en gång. Det finns mycket jag borde gjort annorlunda, men nu är det för sent. Min kära fru vet inget om mina tankar och handlingar.

Först och främst vill jag berätta om adoptionen. Jag är väl medveten om att jag missbrukade ditt förtroende. Vår gemensamma kontakt är död sedan ett par år, men det visste du förmodligen redan. Det blev ingen lyckad adoption. Pengarna avgjorde det hela. Det blev fel par som fick barnet. De hade från början bestämt att ta båda barnen men på grund av att ett av barnen var blond så passade flickan inte in i deras familj. Adoptivmamman skulle tas för barnens riktiga mor och hon var brunett. Det fanns ett annat par som ville ta båda flickorna, men när den andra familjen var villig att betala dubbelt så mycket kunde jag inte stå emot.

Mats släppte blicken från brevet och tittade tomt framför sig. Fel familj? Herregud vad menade han? Var hade flickan hamnat? Bara tanken på att hon kunde ha farit illa gjorde honom illamående.

Han återvände till brevet.

Jag vill att du gör dig av med alla papper i sekretären. Att jag inte gjort det själv beror på att min ork försvann fortare än jag räknat med. Dessutom är Linnea ständigt vid min sida och jag skulle inte stå ut med tanken på att hon skulle läsa något av det.

Det finns en bunt med sedlar i ett kuvert. Pengarna måste levereras till biblioteket i Vimmerby, till Kurt Järnberg. Annars finns det en risk att Linnea råkar illa ut och det får inte ske. Det är inte tomt prat för de har redan gjort ett "besök" hemma hos oss. Kanske begär jag för mycket av dig, men det är för Linnéas skull. Hon vet inget om mina affärer och jag har gjort en del misstag.

Tanken svindlade. Vad hade Edvard gjort som kunde riskera Linnéas hälsa? Förbannade gubbe. Hur kunde två bröder, visserligen halvbröder bli så olika? Hans egen far hade varit en reko man. Alltid gjort rätt för sig och aldrig skott sig på någon annan.

Mats drog ut en bunt med brev, adresserna var maskinskrivna och de var alla ofrankerade. Med darrande händer öppnade han ett. Fy farao! Det var som han trodde. Ett brev fullt med hotelser. Utan frimärke betydde väl att det levererats personligen av utpressarna?

En biltutas signal ute på gården fick honom att vakna upp ur sina funderingar.

Penny! Var klockan redan halv elva? Han låste sekretären i all hast, skyndade ut till köket och fick syn på postbilen genom fönstret. Posten! Linnéa var ju inte hemma, så han fick väl ta emot den.

Mats tog tag i nyckeln för att låsa upp ytterdörren men märkte till sin förvåning att den gled upp. Han vinkade till kvinnan i bilen.

"Hallå! Är inte Linnéa hemma?" ropade hon från den nervevade bilrutan.

Mats skyndade fram till bilen. "Hon ligger på sjukhus. Jag har bott här i natt."

"Jaså?" sa kvinnan osäkert.

"Mats Lundgren heter jag och är brorsbarn till Edvard. När jag kom igår berättade Penny att Linnea åkt in på sjukhus."

"Aha! Det förklarar saken. Då kanske du kan ta emot hennes post?"

Mats nickade och tog emot några brev och ett paket. "Vi ska besöka henne idag. Penny kommer nog alldeles strax."

Kvinnan log mot honom. ”Då får du hälsa så gott från Post-Alma.”

Bilen for iväg och lämnade ett stort dammoln efter sig. Han kom att tänka på ytterdörren. Trots värmen från solen spred sig en iskyla längs ryggen. Nu skulle det i alla fall göras ordentligt. Han tog klivet över tröskeln, lade ifrån sig posten på ett bord och backade ut.

Efter att ha kollat att dörren var låst stoppade han nyckeln i byxfickan. En hastig blick på armbandsuret. Penny borde ha varit här nu. Vägen syntes öde längs båda hållen, så varför inte kolla plåttunnan? Kanske skulle han hitta något intressant papper där.

Han rundade gaveln. Skorna blev fuktiga i det höga gräset. Vid komposthögen surrade ettriga insekter. Runt den rostiga plåttunnan var gräset torrt och fnasigt, så nog hade det eldats. Mats hittade en träpinne och rörde lite i tunnan. Tygtrasor, plast, papper. Allt låg där i en salig blandning, halvt uppbränt. Hade det funnits något av intresse så var det borta nu.

”God morgon! Är det här du är? Dörren var låst, så jag antog att du antingen sov eller var ute någonstans”, sa Penny och tog av sig solglasögonen.

”Förlåt! Gick i andra tankar och hörde inte att du kom.” Han kastade pinnen åt sidan och log stelt. ”Det blir nog en varm dag.”

”Har du med dig badbyxor?”

”Badbyxor?”

”Jag har med mig en bikini ifall vi skulle stanna någonstans och ta oss ett dopp”, fortsatte Penny och gjorde armkrok med honom.

”Jaså? Jag vet inte …”

”Ingen fara! Jag vet ett ställe där man kan bada näck. Hoppa in!” sa Penny och öppnade bildörren.

Mats såg tveksamt på den prydligt vikta filten på sätet innan han klev in.

”Bara för att du inte ska bränna dig på skinnklädseln. Solens strålar gör den brännhet. Håll i dig, nu åker vi”, fortsatte hon och startade bilen.

35.

Med en damtidning och chokladask under armen, plus en bukett rosor i handen skyndade han mot avdelningen där Linnéa låg. Det var inte besökstid men Penny hade ringt till avdelningen och eftersom han kommit långväga från hade de godkänt ett besök.

Han stannade framför dörren till avdelningen och tryckte
på ringklockan enligt anvisningen. Efter en nervös väntan
såg han genom den frostade glasrutan konturerna av
någon klädd i vitt närma sig. Det rasslade till i låset och
en sköterska blev synlig.

"Hejsan! Jag blev lovad att få träffa Linnéa Lundgren
trots att det inte är besökstid", sa Mats och log.

"Det stämmer det! Så trevligt för Linnéa. Vad jag
förstår så är ni den enda släkt hon har kvar", sa
sköterskan på småländska och log.

"Ja, så är det tyvärr."

"Jag ska visa dig vägen. Hon sitter ute på balkongen."

Mats skyndade efter sköterskans raska steg längs
korridoren. Nyfikna blickar från personalen följde
honom. De gick genom ett tomt dagrum vidare ut till en
balkong.

"Jag kan ta buketten och sätta den i vatten om du vill?"
sa sköterskan och öppnade dörren till balkongen.

Mats nickade, räckte henne blommorna och tog ett kliv
över tröskeln. En kvinna i rullstol vände sig mot honom.

"Mats?" sa kvinnan och räckte ut sin hand.

Genast tog han emot den och satte sig på huk framför
rullstolen.

”Ja, det är jag,” svarade han och torkade snabbt bort en tår ur ögonvrån. Han kände inte igen den späda kvinnan först men vid en närmare anblick kunde han skönja vissa drag från bröllopsfotot som hängde på väggen hemma hos henne.

”Jag tog med mig en tidning, lite choklad och blomster, men blommorna la sköterskan beslag på”, sa han och skrattade.

”Du är väldigt lik Edvard”, sa Linnéa och log, vilket fick hennes rynkiga ansikte att lysa upp.

”Tycker du det?”

”Ja, lika lång och ståtlig, det rågblonda håret. Dessutom får du samma grop i ena kinden när du ler.”

Han blev generad. Det enda han hade tänkt när han såg bröllopsfotot på Edvard och Linnéa var hur olika bröderna hade varit. Inte att det fanns en likhet mellan honom själv och Edvard. Ja, de var ju släkt, så helt omöjligt var det inte.

”Jag får tacka så mycket för ringen och slipsnålen. Som du ser sitter ringen perfekt”, sa han och höll fram handen. Hennes leende slocknade tvärt.

Mats såg oroligt på Linneas sorgsna ansikte. ”Förlåt! Det var inte min mening …”

”Det är inte ringen”, började hon och tog hans hand. ”Edvard hade det jobbigt innan han gick bort. Han trodde alltid att jag inte märkte när något var fel. Åtskilliga gånger frågade jag honom om det var något han ville berätta, men det blev alltid samma svar. 'Inget som jag inte kan hantera.' Det gör mig ledsen att jag inte kunde hjälpa honom.”

Mats slog sig ner på en stol intill Linnéa.

”På vad sätt märkte du att något var fel?”

Linnéa suckade djupt och torkade bort en tår.

”Han blev tyst. Många gånger försvann han ut nattetid. Naturligtvis ansträngde han sig för att vara tyst, men jag är lättväckt. Första gången misstänkte jag att han hade skaffat sig en älskarinna. Men det slog jag snabbt ur hågen då jag såg att han hade varit i slagsmål.”

Mats svalde hårt. Vad i hela friden hade Edvard haft för affärer igång?

”Se inte så bekymrad ut. Han är borta nu och har det bra”, sa hon tröstande och strök Mats hand.

”Vi får tro så. Fungerar allt bra för dig annars? Du har ju Penny i alla fall.”

”Ja, det gör det … men ibland låter det som om någon är utanför huset, men det är säkert inbillning eller så är det Edvard som tittar till mig”, sa Linnéa och drog på mun.

Hjärtat bultade hårt. ”Hur ofta har Linnéa hört ljud nattetid?”

Hon tittade upp och såg på honom med varm blick.

”Min käre Edvard! Så fint att du kom hit och hälsade på. Jag är så trött på att bo på hotell. Kan vi åka hem till vårt hus snart? Det nya golvet måste väl vara färdigt nu?”

Mats såg sorgset på Linnéa. Det där kände han igen alldeles för väl från sin egen mor.

”Vänta en liten stund. Jag kommer alldeles strax tillbaka”, sa han och reste sig från stolen. Han måste få tag i någon av personalen. Tiden hade runnit iväg alldeles för fort. Penny satt säkert redan nere på parkeringen och väntade.

”Edvard! Du kommer väl tillbaka?” sa Linnéa vädjande.

Mats vände sig mot henne och nickade. ”Jag kommer snart, lovar.”

Dagrummet var tomt så han skyndade vidare ut i korridoren. Från ett rum med öppen dörr hörde han prat och skratt. Han knackade försiktigt på dörrkarmen. Genast tystnade skrattet och alla tittade nyfiket på honom.

”Det är dags för mig att åka. Har någon tid att ta sig an Linnéa?”

”Absolut! Jag kommer med dig”, sa en sköterska på bred skånska. ”Vi tyckte alla att det var trevligt med gotländskt besök. Synd att du redan ska åka, för vi hade gärna velat höra lite gutamål.” De övriga i personalen nickade i medhåll. ”Men det kanske får bli en annan gång.”

Tillsammans lämnade de expeditionen. Mats harklade sig. ”Vet inte om ni har märkt något, men helt plötsligt slog det om och hon trodde att jag var hennes man.”

”Ja, vi har lagt märke till en viss förvirring, men det kan bero på så många saker. Hon har nyligen mist sin man och det är tungt. Det skall utredas om hon kan bo själv eller om hon måste flytta till ett boende.”

Dörren till balkongen stod på vid gavel och mitt i öppningen satt Linnéa i sin rullstol.

”Men kära nån. Hon har somnat”, sa sköterskan och rullade in henne i dagrummet.

Mats såg på kvinnan som snarkade högljutt. ”Ni får hälsa till henne från mig när hon vaknar.”

Sköterskan fällde ryggstödet på rullstolen och bredde en filt över Linnea.

”Vi ska hälsa så gott. Hittar du ut från avdelningen själv eller ska jag gå med?”

”Det ska nog gå bra. Tack så mycket för att jag fick besöka Linnéa, det var guld värt.”

Mats kom ut genom sjukhusets entré. Oroad såg han på de stora mörka molnen som bredde ut sig över himlen. Den varma sommardagen var som bortblåst och en kall vind fick huden att knottra sig på armarna. Han såg sig omkring efter Penny.

”Hej! Gick det bra med besöket?” hördes Pennys glada röst bakom ryggen.

Han vände sig om. ”Ja, vi fick en fin pratstund.”

”Jag har bilen där borta”, sa hon och pekade. Med ett soligt leende stack hon sin hand under hans arm. De gick med raska steg bort mot bilen.

Penny öppnade bildörren. ”Nu är det så här att jag har köpt en korgstol och ja, som du ser så var den betydligt mer skrymmande än vad jag hade räknat med”, sa hon ursäktande och lade huvudet på sned.

Mats tittade på stolen som låg intryckt i baksätet och drog på munnen. Passagerarsätet i framsätet var långt framskjutet mot instrumentpanelen.

”Jaså? Hm … ja på något sätt ska det väl gå.”

Han böjde sig och gjorde ett tappert försök att komma in i bilen, men hur han än försökte med allehanda akrobatiska övningar, så gick det inte.

”Hur gör vid då?” sa Penny och idisslade otåligt på tuggummit. Hon öppnade bakluckan och slet ut ett rep. ”Vi får binda fast stolen på taket.”

”Tror du verkligen att det blir bra?” sa han och såg på klockan. ”Det kanske finns en busstid som passar?”

Penny skrattade till. ”Ut dit! Då får du allt förbereda dig på att gå en bra bit. Nej vi fixar det. Jag har gott om rep. Har vi rutorna öppna så kan vi binda runt om.”

Mats öppnade bakre bildörren och tog ett tag om ryggstödet på korgstolen.

”Du, den här har du lyckats få in bra. Den sitter som berg.”

”Vänta lite. Jag ålar mig in i baksätet från andra hållet och vickar lite på stolsbenen”, sa Penny och försvann in i baksätet.

”Åh nej! Min fot har fastnat. Kan du hjälpa mig loss?”

Mats kände hettan bränna i kinderna när han klev in bakom Pennys stjärt som vickade fram och tillbaka i de tighta rosa elastabyxorna medan hon försökte komma loss. Till råga på allt hade det samlats en skara människor runt omkring dem, som intresserat följde deras förehavande. Han fick fatt i hennes fot och lirkade loss den.

"Jag skulle kunna ta en taxi", började han.

"Aldrig i livet. Nu går det att få ut stolen, hjälp mig att dra." sa Penny andfått. Han backade ut från baksätet och skyndade runt till andra sidan. "Ta i nu då!" ropade hon.

Med händerna i ett stadigt tag om ryggstödet drog han korgstolen mot sig.

Hoppsan!

Det gick lättare än han hade räknat med. Förfärat såg han på Penny som på mage hängde halvt utanför dörren. Men innan Mats hunnit hjälpa hade hon kravlat sig upp.

Hon rättade till sin klädsel och slätade till det rufsiga blonda håret.

"Så där ja! Man ska aldrig ge upp", sa Penny och skrattade. "Mitt tuggummi for visst iväg men jag såg inte vart."

Hon la en brandgul filt till skydd för biltaket och tillsammans lyfte de upp korgstolen. Penny sprang fram och tillbaka tills allt rep var slut. Mats såg roat på surrningen av stolen.

”Nu återstår det att se om det håller hela vägen hem.
Jag har aldrig sett något liknande”, sa han tveksamt.

Penny beskådade belåtet deras mästerverk och klev in i
bilen.

”In med dig! Nu åker vi innan åskådarna drar hit ett
filmteam. Vi har roat dem länge nog.”

Han kände regnstänk. ”Det börjar regna. Inte bra varken
för korgstolen eller att köra med bakrutorna nere. Vi får
hoppas på att det inte kommer mer.”

…

Lättad klev han ur bilen efter att Penny stannat på
gårdsplanen hemma hos Linnéa. Blåsten hade varit
fruktansvärd och huvudet dunkade oroväckande. Fattas
bara att han skulle få nackspärr också.

Penny tog av sig schalen hon haft lindad runt huvudet
och kom fram till honom.

”Hur mår du? Du ser lite blek ut”, sa hon oroligt.

”Lite trött och ont i huvudet bara …”

”Det kan jag tro. Du skulle ha gjort som jag”, sa Penny
och pekade på schalen hon erbjudit honom.

”Tack! Men en dusch och lite vila gör nog susen.”

”Du är inte kaffesugen?” sa hon och höll upp en påse bullar.

”Inte just nu, tack. Vi får ta det en annan gång. Det var jättesnällt att jag fick åka med. Du får nog åka hem och rädda det som är kvar av din stol.”

Penny synade bistert korgstolen som var en sorglig syn. Den hade nästan slitits itu av blåsten och dessutom blivit våt av regnet.

”Ja, jag får väl göra det. ” Hon hoppade in i bilen och virade schalen runt halsen och halva ansiktet. ”Krya på dig!” ropade hon genom den nervevade rutan och for sedan iväg med en rivstart från gården.

36.

Mats tittade yrvaket upp. Det var dunkelt i rummet. Vad var klockan? Hur länge hade han sovit? Det brakade till och en blixt skar genom sovrummet. Han huttrade till och sträckte sig efter strömbrytaren. Aj! Nackspärren gjorde sig påmind och fick honom att sätta sig försiktigt upp. Värktabletten han skulle ha tagit låg ännu kvar på nattygsbordet. Ett dovt muller utifrån fick fönstret att skallra och följdes av en blixt som lyste upp rummet. Åskan låg alltså precis ovanför. Vilken tur att han vaknade eller var det ovädret som väckt honom? Han tittade på armbandsuret. Halv åtta. Magen kurrade. Det var många timmar sedan han åt.

Tänk om det blev strömavbrott, då skulle det bli väldigt mörkt. En tändsticksask och några ljus skulle vara bra att ha till hands. Var hade han sett det? Han reste sig och gick till köket och började leta i köksskåpen. Till slut hittade han tändstickorna i skåpet intill spisen.

Medan kaffet kokade upp satte han på radion. Den som tidigare hade levererat musik och prat erbjöd nu endast ett irriterade knaster. Kanske hade åskan slagit ner i masten. Köket fylldes av ljuvlig kaffearom. Mats satte sig vid bordet och bredde rikligt med smör på en brödskiva för att sedan toppa med ett rejält lager med ostskivor. Han var vrålhungrig.

En kraftig smäll fick honom att sätta kaffet i halsen. Det flackade till i lampan. Tändstickor hade han, men han behövde även ett ljus eller fotogenlampa. Han hittade en lykta med ljus i farstun och kände sig genast lugnare. Aldrig livet att han skulle bosätta sig så här. Inte för att han önskade grannar nära inpå, men att bo helt öde var inte heller bra. Obehaget kröp inpå igen. Hade det varit någon här natten innan?

Mätt och belåten sträckte Mats ut sig på rygg i sängen. Strömmen hade inte gått och åskan hade dragit vidare. Allt var åter lugnt. Han borde gå igenom sekretären. Om det fanns någon information om adoptionen så måste den finnas där. Vad skulle han göra med alla papper sen? Edvard hade bett honom att röjan undan allt som var kvar. Tunnan, han skulle kunna kasta allt där i och tända på. Dessutom skulle han leverera ett kuvert med pengar till en man på biblioteket.

Han gick ut i köket och letade efter en påse men hittade ingen. Papperskorgen på kontoret fick duga. Mats ryckte i ytterdörrens handtag för att försäkra sig att det var låst och gick in på kontoret.

Blicken drogs genast åt fönstret där han igår kväll tyckte sig sett en siluett av en person stående vid staketet. Han huttrade till. De tunna spetsgardinerna bestod mest av hål så de fungerade inte som insynsskydd. Nåja! De kunde väl lika gärna vara fördragna.

Nyckeln gled lätt runt i låset på sekretärens lock. Med obehag betraktade han den märkliga skadan. Hur hade det gått till? Han kunde svära på att den inte hade funnits där kvällen innan. Mats tog högen med hotbrev, ville han läsa något mer av dessa? Han skakade på huvudet och slängde dem i korgen. Det räckte med det han sett.

Mats tömde hyllorna systematiskt men hittade inte någon information om adoptionen. Till slut återstod endast ett kuvert med pengar och en svart anteckningsbok. Hur mycket pengar kunde det vara? Han klämde på det igenklistrade brevet. Det berodde på valörerna, men bunten var tjock. Huvudet värkte. Han sträckte på sig. Det fick räcka för ikväll. Boken skulle han gå igenom imorgon. Kanske fanns det något av värde där i.

…

Mats öppnade ögonen försiktigt. Huvudvärken var borta. Halv nio! Då hade han i alla fall fått sin beskärda del av sömn. Biblioteket skulle öppna tio. Han sträckte på sig njutningsfullt och satte sig upp. Det skulle bli skönt att åka hem ikväll.

Gårdagens skjorta luktade svett, men den dög att ha på sig när han skulle elda. Bilfärden från sjukhuset hade varit varm och klibbig förutom för nacken och huvudet som hade utsatts för drag. Tanken på Penny och hennes korgstol fick honom att skratta till. Att ens komma på tanken att binda fast den på taket. Stolen hade varit en sorglig syn när de kom hit. Men det var förstås inte så konstigt, så fort som Penny kört.

Nu skulle det bli gott med frukost. Sedan skulle han bränna papper. Han drog på sig den lortiga skjortan samt byxorna från igår och gick ut i köket. Efter en stadig måltid tog han papperskorgen och gick ut till tunnan. Eldens lågor slök snabbt de torra arken och när endast aska återstod hällde Mats rikligt med vatten på de förkolnade resterna. Nu var det färdigt. Lättad rörde han runt i tunnan.

Han skyndade in, tog av sig de smutsiga kläderna och gick in i badrummet. När han duschat och klätt på sig plockade han ihop sina saker. Det skulle bli lagom att göra ett besök på biblioteket efter att han packat färdigt bilen.

...

De första regnstänken landade på marken precis när han lastat in det sista och nu smattrade det behagligt på biltaket. Mats gick en sista vända i huset för att se att allt såg bra ut. Penny hade lovat att komma under förmiddagen för att hämta nyckeln men till dess skulle den ligga under en lös bräda i väggpanelen. Tanken på att Linnéa skulle bo här ensam kändes inte alls bra. Men förhoppningsvis skulle det ordna sig med en plats på ett ålderdomshem inom en snar framtid. Han låste ytterdörren och lade nyckeln på plats.

De mörka dropparna på marken bildade en stark kontrast mot det ljust dammiga gruset som utsöndrade en frän lukt.

Mats startade bilen. Kastade en sista blick på huset. Vimmerby bibliotek nästa.

Mats svängde in i en parkeringsficka utanför biblioteket och stannade. Regnet hade förvandlats till skyfall. Varför hade han inte tagit med ett paraply? Skulle han vänta tills det avtog? Men likaväl som det hade stått som spön i backen var det över på någon minut. Han klev ur bilen. Vägen fram till bibliotekets dörr var full av stora vattenpölar och det droppade rejält från entréns tak.

Inne i entrén möttes han av en vägg full av posters. *Välkommen till Astrid Lindgrens sagostund* stod det på en av dem. Leende kom han att tänka på alla härliga berättelser. Författarinnan var visst född här i Vimmerby. Så roligt det hade varit för Sara att få träffa henne. Sara älskade Pippi Långstrump.

Med handen runt kuvertet i fickan gick han fram till lånedisken.

En ung man med cendréfärgat hår och fjunig spretande mustasch tittade slött mot honom och undslapp ett hummande ljud. Pennan han nyss skrivit med placerade han bakom örat vilket fick det att stå rakt ut. Mats läste på namnskylten, *Sten Ramberg*.

"Ja", sa han med släpig röst och såg frågande på Mats.

Mats harklade sig och tog fram kuvertet. "Jag skulle vilja lämna ett brev till …

Den unge mannen kastade en blick på brevet och himlade med ögonen. "Det går inte alls det. Vad tror gode herrn egentligen att det här är för ett ställe? Posten?"

"Jaså?" sa Mats och såg sig omkring. "Jobbar adressaten inte här?"

"Ja, det gör han. Men jag är ingen springsjas förstår ni", fortsatte mannen och trutade med munnen vilket fick honom att likna en råtta. "Du får komma tillbaka en annan dag."

Från ingenstans stod hon helt plötsligt där, en bastant kvinna med stålgrått hår uppsatt i svinrygg och ett par hornbågade glasögon. Hon såg ilsket på mannen bakom disken.

"Vad gör Ramberg här bakom disken? Ert jobb är att plocka upp böcker och inte att ställa till med oreda på min plats. Är det förstått?"

Mannen nickade och försvann snabbt in bakom en bokhylla. Kvinnan vände sig mot Mats och stirrade på honom med sina stålgråa ögon. "Ja, och herrn vill?"

Hennes starka parfym stack honom i näsan och han blev tvungen att svälja.

"Jag har ett brev till …"

Med ett ryck slet hon det ur hans hand. ”Jag tar hand om det. Han kommer tillbaka i eftermiddag.”

Mats kvävde en hostning och nickade. ”Tack! Då vet jag att brevet är i rätta händer.”

Kvinnan nickade kort. ”Ja, ni kan vara trygg. Det är till min man. Var har ni mappen som också skulle lämnas här?” Kvinnan spände blicken i Mats.

”Mapp?”

”Ja, en svart”, sa kvinnan irriterat.

Mats log försiktigt. Kvinnan fick något hårt i blicken. ”Den har jag tyvärr eldat upp. Det var min farbrors uttryckliga önskan att jag skulle rensa ur alla papper.”

”Nåja, då är det inte mycket att göra åt”, sa kvinnan nådigt. Men Mats såg lättnaden i hennes ansikte.

Mats lämnade disken och gick mot utgången. Mellan två hyllor stod råttan med bokvagnen och tittade på honom med en högdragen min. Märkliga människor. Inte ens ett tack hade han fått.

Efter en snabb blick på postern av Astrid Lindgren slet han ner den och rullade ihop den i all hast. Den kunde han gott få till tack för sitt besvär. Sara skulle bli jätteglad.

37

Sara snyftade och Mats fingrar slöt sig hårdare om luren.

”Saknar dig pappa”, sa hon tyst.

”Lilla gumman. Jag kommer hem i morgon bitti. Då kan vi äta frukost tillsammans.”

”Lovar du det?”

”Jag lovar! Men nu måste du ge mamma luren så jag hinner prata lite med henne också innan pengarna tar slut.”

”Hej älskling! Så skönt att du snart är hemma igen.”

Elins glada röst gjorde honom varm i hjärtat. ”Har du saknat mig? Jag har bara varit borta ett par dagar”, svarade han och skrattade till.

”Självklart har jag saknat dig! Pettsons grabb har varit och frågat efter dig också.”

”Jaså? Han vill säkert ha hjälp med mopeden. Men nu måste jag lägga på. Snart dags att köra ombord. Vi ses snart. Hej då!”

”Hej då!”

Han satte tillbaka luren i klykan och öppnade dörren till telefonkiosken.

En kvinna med rödgråtet ansikte pressade sig förbi Mats. Hon blängde på honom. "Du borde tänka på att det kanske är fler som vill ringa innan båten går", fortsatte hon och gav honom en puff ut ur hytten.

"Förlåt men …" började han men tystnade tvärt när dörren for igen.

Han kände i fickorna. Plånboken! Vart hade han gjort av den? Oroligt kikade han in genom fönstret. Där låg den, på hyllan under telefonautomaten. Mats knackade försiktigt på glasrutan. Kvinnan vände sig mot honom för att sedan tvärt vända honom ryggen. Han knackade på nytt. Ingen reaktion. Kön med bilar till landgången började röra sig framåt. Med en viss tvekan öppnade han dörren.

"Ursäkta men …" började han.

Kvinnan började snyfta allt högre.

"Din dumma jäkel! Hur kunde du vara otrogen mot mig? Jag kommer aldrig att förlåta dig", tjöt hon.

Mats pressade in armen förbi kvinnan och slet åt sig plånboken.

"Ditt dumma kräk. Ynkrygg!" utbrast en äldre dam när han vände sig om. Hon spände blicken i honom och viftade hotfullt med ett paraply.

”Förlåt men det …” stammade han fram.

”Försvinn här ifrån innan jag ropar på polis.”

Mats kastade en blick mot landgången och ryckte på axlarna. Det fanns ingen tid till förklaring. Med en svärm ilskna ord efter sig sprang han mot bilen.

Lättad öppnade han bildörren och kastade sig in på sätet. Tanken på hyttbädden som väntade gjorde gott. Lydigt följde han matrosens vinkade hand och parkerade på angiven plats. I klunga med de övriga passagerarna gick han trappan upp till informationsdisken.

”Välkommen ombord”, sa mannen bakom disken. ”I vilket namn var det bokat?”

”Mats Lundgren”, sa han och kvävde en gäspning.

Mannen förde fingret längs listan i den uppslagna boken.

”Det stämmer bra. Här är herrns nyckel. Varsågod!”

Mats tog emot nyckeln och gjorde ansatsen till ett leende. ”Var ligger hytten?”

”Följ bara gången in så ser du den”, sa mannen och pekade.

Till sin förskräckelse såg Mats den arga kvinnan komma gående mot receptionen. Tack och lov att han hade hytt.

Han tänkte gå och lägga sig direkt och inte sticka näsan utanför dörren förrän i morgon bitti.

…

Gonggongen! Var det den som hade väckt honom? Mats tände lampan och tittade på klockan. Mycket riktigt, det var dags att kliva upp. Tanken på att han snart skulle få träffa Sara och Elin igen värmde. Det hade varit en intressant resa men hemma var allt bäst. Han tvättade av sig i ansiktet i det minimala handfatet och klädde på sig. Det raspade till i högtalaren och kaptenen hälsade god morgon.

Hade han fått med sig allt? En snabb blick runt i hytten. Dags att gå till bilen. I gången möttes han av andra yrvakna människor som släpade på handbagage och ungar.

"Hallå där!" utbrast en kvinna.

Mats suckade och svalde. Typiskt, den argsinta damen igen. Hur mycket otur kunde man ha egentligen? Han låtsades inte höra henne utan hastade vidare.

"Herrn! Stanna! Våga inte springa ifrån mig", ropade kvinnan gällt.

Mats mötte några passagerares blickar och kände sig tvungen att stanna. Han vände sig sakta om.

”God morgon”, sa han artigt och nickade kort.

Kvinnan synade honom uppifrån och ner.

”Jag ber så mycket om ursäkt för obehaget jag
åsamkade dig igår kväll. Mycket olyckligt. Nu när jag ser
på dig, så ser du ut att vara en trevlig man. Inte en buffel
vilket han var, som hon pratade med i telefonen. Ja, hon
berättade hur det låg till. Så gå i frid. Ingen ska jaga dig
med spetsiga paraplyn”, sa kvinnan och log.

 Mats skrattade till.

”Så skönt att höra. Lite orolig var jag allt. Risken att
drömma mardrömmar om ilskna tanter med spetsiga
vapen var överhängande.”

Hon blängde förolämpat på honom för att strax brista ut
i skratt.

”Jag förtjänade den kängan helt klart. Men nu måste vi
skynda oss innan det blir stopp på bildäck.”

…

Mats blinkade vänster och svängde av mot Ekeby.
Halvvägs hem. Det var ännu tidig morgon och kanske
hade de vaknat där hemma.

Vid bilverkstan var Ulf redan ute och hängde över en
öppen motorhuv. Mats tryckte lätt på signalhornet. Ulf

tittade upp och vinkade. Hästarna nickade välkomnande
när han svängde in på gårdsplanen. Äntligen hemma.

38.

Midsommardagen 1969

Mats kopplade släpet till bilen och la på sågen. Han skulle
hämta björkris till festen. Det var tidig morgon och solen
var på väg upp. Luften var ljum och frisk. Fåglarna
kvittrade bland träden medan några orädda kaninungar på
gårdsplanen stannade och tittade nyfiket på honom. Han
satte sig i bilen och vred om nyckeln. Den startade utan
minsta tvekan och de små pälsbollarna for iväg i världens
fart. Det var egentligen onödigt tidigt men sömnen hade
vägrat infinna sig så varför inte utnyttja tiden till något
bättre än att snurra fram och tillbaka mellan lakanen.

Idag skulle det bli midsommardagsfest och Saras
födelsedagskalas. Tänk att det redan var nio år sedan han
plockade upp Magda i Åminne. Han stannade till vid
utfarten av gårdsplanen. Varför inte ta en sväng förbi
Mummas stuga? Mats tvekade. Han hade inte varit där
sedan hennes död. Kanske var det dags att återvända.
Hämta björk tog inte så stor stund, det fanns gott om tid.

261

Allt såg ut som den dagen för nio år sedan. Förresten som det alltid sett ut så långt han kunde minnas. Stugans fasad hade klarat sig förvånansvärt bra eller hade någon sett till stället? Mumma hade gett huset till honom men han hade aldrig velat återvända, inte hade han haft tid heller. Bilverkstan tog redan all tid. Men det kanske var dags att ändra på det?

Han rundade gaveln och kom till framsidan av stugan. Det högg till i hjärtat av sorg vid åsynen av de blekta gardinerna i fönstret. Bilden av Mumma sittande på bänken under fönstret dök upp på näthinnan.

Stigen till jordkällaren var delvis igenväxt men ändå synlig. Han styrde stegen dit. Stentrappan var full av löv och barr så han blev tvungen att sopa rent innan han kunde nå dörren. Med ett ryck gav den vika. En unken doft av jord mötte honom. Efter några blinkningar vande sig ögonen vid mörkret. Hyllorna och lådorna gapade tomma. Vad hade han förväntat sig? Noggrant drog han igen dörren efter sig och gick upp igen. Tänk att Mumma hade levt så primitivt. Aldrig klagat över något. Vem var hon egentligen? Kvinnan som alltid funnits där för honom. Det enda han visste var att hon kom österifrån, från Estland.

Mats tittade mot huset. Låg nyckeln fortfarande kvar under blomkrukan? Han gick fram och lyfte på krukan. Mycket riktigt. En känsla av overklighet fyllde honom vid tanken på att nyckeln kanske hade legat orörd på samma plats sedan han, prästen och doktorn var där när Mumma dött.

Hjärtat bultade hårt när dörren gled upp. Allt såg ut precis som när de hade lämnat stället. Det enda som plockats bort var sängkläderna. En våg av minnen sköljde genom honom. Så ont det gjorde. Att Mumma hade dött var inte hans fel men han hade övergivit Sara på prästgårdens trappa … deras lilla flicka. Så fegt. Dessutom hade flickorna separerats. Usch! Pengar styr allt. Hade inte hans farbror varit så sniken och valt den första tilltänkta familjen hade barnen förmodligen varit tillsammans. Det enda han hittade om adoptionen i Edvards anteckningsbok var namnet *Familjen Dahlqvist, Kalmar, flicka, 6000 kr.* Mats hade kontaktat pastorsexpeditionen i Kalmar, men de hade inte funnit någon som stämde in på ett barn i Saras ålder med det efternamnet. Nu visste han inte vad han kunde göra mer.

Efter en hastig blick på klockan insåg han att det var dags att leta efter björk. Han skulle komma tillbaka en dag.

…

”Jag vill ha rosa hårband!” sa Sara bestämt och räckte fram banden till mamma.

”Det blir jättefint till din vita klänning, men vi väntar med att sätta i dem”, sa hon och drog borsten genom Saras blonda hår.

”Jag lovar att vara försiktig. Snälla?”

”Du försiktig?! Som inte kan sitta still i fem minuter. Förresten ska du hjälpa mig att duka. Vädret ser ut att bli fint så vi kommer att sitta ute.”

Sara suckade och trutade besviket med munnen. ”Jaja …”

”Seså! Det är midsommardagen och du fyller nio år. Det ska ju bli kalas! Om du lovar att vara försiktig och inte lortar ner dig så flätar jag ditt hår nu.”

Sara tog ett glädjeskutt. ”När får jag öppna mina paket?”

”När pappa är klar med björkriset. Nu måste du stå still. Annars kan jag inte göra några fina flätor.”

Sara klämde ihop kinderna så munnen blev nästintill osynlig och grimaserade åt sin spegelbild. ”Varför har jag så bulliga kinder?”

”Dina äppelkinder är väldigt fina. Jag är så avundsjuk”, sa mamma och rättade till den sista rosetten. ”Så där ja! Var nu lite rädd om dem, så jag inte behöver göra om det. Vi ska snart duka borden, så försvinn inte för långt bort.”

”Jaja”, sa Sara och kastade sig rakt in i kuddhögen på soffan med huvudet före.

”Vad sa jag precis till dig?!”

Sara reste sig från soffan och gick med stora kliv ut på trappan. Med händerna i sidorna och huvudet på sned såg hon bistert på pappa och utbrast.

”Är det verkligen nödvändigt att binda fast en massa träd överallt?”

”Visst blir det fint?” sa pappa och skar av snöret från rullen.

”Vi har ju hela trädgården full av träd?”

”Hm! Det märks att du börjar bli stor. Så många funderingar om allt och inget”, sa pappa och log.

Hon fick syn på Sotis svans bland syrenbuskens blad och blev nyfiken.

”Ska du inte hjälpa mamma?”

”Måste se efter Sotis först. Kommer snart.” ropade Sara och sprang iväg.

”Sotis! Vart tog du vägen?” Hon öppnade upp bland bladen och tittade in, men han fanns ingenstans. ”Sotis vad gör du?”

Irriterad kröp hon genom buskaget. ”Jaså där är du!” Sara försökte fånga katten som snabbt for upp i trädet. ”Nej,

inte upp där!” Några fåglar for i cirklar vid trädets topp
och väsnades.

”Åh nej! Ett fågelbo. Dumma katt! Kom ner med dig.
Du rör inte fåglarna. Hör du det!” Katten vände sig om
och jamade.

”Kom ner med dig!” Katten jamade allt högre. Tokiga
katt, nu vågade han inte klättra ner. Trädet var inte så
högt men ganska murket. Vågade hon klättra upp? Utan
att tänka en gång extra tog hon tag i en gren och svingade
sig upp.

”Jag ska hjälpa dig.”

På darriga ben närmade hon sig grenen där Sotis satt och
betraktade henne nyfiket. Hon räckte ut handen för att
dra honom till sig.

Med ett vigt hopp for han upp till nästa gren. ”Stanna!”
Det knakade oroväckande i grenen hon stod på. Hennes
naglar kratsade sig in i barken i hopp om ett fastare
grepp.

”Sotis jag måst …”

Helt plötsligt försvann grenen under hennes ben. Med en
hissnande känsla for hon runt och blev hängande upp
och ner i byxbaken.

”Hjälp!”

Med lätthet kom Sotis spatserande på en gren intill och luktade henne i örat.

"Men Sara! Vad har du nu hittat på?" sa pappa och kliade sig i huvudet. "Jag hämtar stegen."

"Ojoj! Jag mår illa", stönade hon.

Strax därpå var hon i pappas trygga famn och slappnade av när han drog henne intill sig.

"Så där ja! Nu är du nere. Har du slagit dig?" Han ställde ner henne på marken.

Hon ruskade skamset på huvudet. "Jag skulle hjälpa Sotis. Han kunde inte komma ner."

"Jaja! Nu är det bäst att du skyndar dig. Mamma har redan ropat flera gånger på dig. Det är dags att öppna paket."

"Äntligen!" ropade Sara och rusade iväg, för att stanna tvärt när hon fick syn på paketet.

"Oj! Vilken stor present."

Mamma och faster Edda log mot henne. Sara vände sig mot pappa som hunnit fram till dem.

"Skall vi inte sjunga för dig först?", sa Edda när Sara började slita i pappret.

"Det kan ni göra medan jag öppnar", svarade Sara.

"Ja, må hon leva, ja må hon …" började de sjunga för
att bli avbrutna mitt i versen.

"En cykel, en stor cykel!" Saras glädje visste inga gränser.
Hon slet bort det sista pappret och tittade beundrande på
den. "Jag vill prova med en gång", sa hon ivrigt och satte
sig tillrätta på sadeln.

"Ta det lite lugnt så …", började pappa men förgäves
då hon några sekunder senare landade i rosenbusken.

"Aj! Jäkla taggbuske", tjöt hon ilsket.

"Men Sara då. Så du säger", sa mamma strängt.

Pappa rusade fram och hjälpte henne upp.

"Ta det lite försiktigt tills du vant dig vid den! Jag skall
hjälpa dig."

Sara klev upp på cykeln. Pappa tog ett stadigt tag om
pakethållaren och hon började trampa. Snart for hon runt
på gårdsplanen tjutande av glädje.

"Vilken duktig tös!" skrattade pappa "Men nu måste jag
fortsätta fixa bord och stolar. Gästerna kommer snart.
Dessutom tror jag att faster Edda har ett paket till dig
också."

Sara styrde genast bort till Edda och kastade sig av
cykeln.

”Har du köpt en present till mig?”

Faster Edda kramade henne ömt. ”Ja, tänk det har jag”, sa Edda och räckte fram ett vackert inslaget paket.

Ivrigt slet Sara bort pappret.

”Åh! En korg med blommor på. Ska man ha den på cykeln?”

Edda nickade och pekade på förpackningen i korgen. Sara öppnade påsen och slickade sig om munnen när hon såg att den innehöll kolor.

”Jag ska bara ta en.” Sara stoppade kolan i munnen, ”Åh vad gott!

”Du får dela med dig till Birgitta när hon kommer”, sa pappa och rufsade Sara i håret så flätorna dansade.

Sara nickade tankfullt. ”Och till Evert.”

. . .

”Åh, vad mjuk och len den är!” sa Sara och smekte den rosa koftan med guldfärgade knappar. ”Den vill jag ha mig på nu. Tack så mycket tant Ada.”

”Varsågod!” sa fru Åkerblom och log. Hon tittade på Sara. ”Flicka lilla! Det är så varmt. Syrenbusken skuggar skönt, men jag skulle behöva något att dricka”, sa hon och baddade pannan med en näsduk.

”Det ordnar jag! Tant Ada ska få ett stort glas vatten.”

”Nej, nej! Vatten är inte så bra. Ett glas av den röda saften pappa brukar servera skulle sitta fint”, sa fru Åkerblom och nickade bestämt.

”Röd saft. Det ska bli!”

”Det är bäst att du ber pappa visa. Han vet vilken jag menar.”

Sara skyndade in till pappa i köket.

”Tant Ada är törstig. Hon vill ha röd saft”, sa Sara och skuttade runt i köket.

”Kan hon inte vänta? Nej, det kan hon förmodligen inte”, sa pappa och satte ner stolarna på golvet.

”Mats! Kan du hjälpa mig?!” ropade mamma från rummet intill.

Pappa öppnade övre luckan på hörnskåpet, tog ut en flaska och ställde den på bordet.

”Här! Ta det här glaset och häll i lite från flaskan. Det fixar du. Jag måste hjälpa mamma”, sa pappa och försvann från köket.

Sara tittade på det lilla glaset och ruskade på huvudet. Ett sådant glas kan inte släcka någon törst. Resolut tog hon ner ett större dricksglas från skåpet och fyllde det med den röda drycken. Sara läppjade på drycken.

"Fy fasen! Vilken äcklig saft. Tillbaka med den i skåpet. Hur kan tant Ada tycka om den?"

Med ett stadigt tag om glaset gick hon nerför trappan och bort till tant Ada där hon satt i skuggan under syrenbusken.

Fru Åkerblom tittade på Sara med förvånad blick. "Är det rätt saft?"

"Ja", sa Sara och nickade. "Tant Ada får gärna behålla den för sig själv. Den var inte god."

"Tack så mycket flicka lilla!" sa fru Åkerblom belåtet och tog en klunk. "Så gott!"

…

"Sara! Prästen och Hilda har kommit. De vill ge dig en present", sa mamma och tog hennes hand.

Hon släppte taget om cykelkorgen och följde med.

"Ha den äran på födelsedagen Sara!", sa Markus och strök henne över håret.

"Ja, ha den äran", fyllde Hilda i och räckte fram ett platt paket.

Papperet lossade lätt eftersom det endast satt ihop med ett rosa sidenband.

"Så fint", sa Sara och tittade andäktigt på den vackert broderade ängeln. *Någon vakar över dig*, stod det med sirliga bokstäver. Hon läste texten högt och mötte prästens blick.

I samma ögonblick kom tvillingarna Bengt och Ola rusande och kastade sig över hennes cykel.

"Jag vill prova först!" skrek Ola och knuffade Bengt så han for omkull i gruset.

"Jag såg den först!" sa Bengt argt och kastade godispåsen på Ola så kolorna for ut på marken.

Tvillingarnas mamma Ulla skyndade genast efter dem.

"Seså barn! Var snälla nu", bönade hon.

"Min cykel! Se vad ni har gjort. Mina kolor ligger på marken." skrek Sara. Tårarna brände bakom ögonlocken. Dessa förbaskade killar. Alltid skulle de förstöra.

"Nu ser ni till att ställa allt tillrätta och ber Sara om ursäkt. Det här går inte för sig. En dumhet till och jag kör hem er", röt Viking, pappa till pojkarna, med en basröst som fick dem alla att hoppa till.

"Ja, ja", muttrade de och blängde ilsket på varandra för att sedan motvilligt be om ursäkt.

”Var du inte onödigt hård mot dem?” viskade Ulla upprört till Viking.

”Stryk skulle de ha. Det är på tiden att de lär sig veta hut”, muttrade han.

Sara lade ner den sista kolan i påsen och vek sedan bestämt ihop den. Aldrig i livet att hon tänkte bjuda någon nu.

Viking såg vänligt på Sara medan han rättade till den sneda slipsen.

”Lilla vän. Jag ber så hemskt mycket om ursäkt för mina söners uppförande.” Han vände sig mot sin fru. ”Ulla, du har väl hennes present i väskan?”

Ulla öppnade väskan och räckte över ett paket som var upprivet i ena änden.

Viking tittade beklagande på paketet. ”Jag ser att de farit fram även här …”

Sara tog bort det trasiga pappret och sken upp när hon såg ett diadem av silver med röda små stenar.

”Åh! Så fint. Kan du hjälpa mig mamma? Jag vill ha det på mig.”

Mamma satte den på hennes huvud och Sara riktigt kände hur fin hon blev.

”Kan jag gå in till spegeln?”

Mamma nickade. ”Men skynda dig ut igen för jag tror bestämt att Evert är på intågande med Ella, Putte och så lilla Johan förstås.”

Sara skyndade uppför trappan till huset och sprang in i salen. Dansande snurrade hon runt framför den stora spegeln med blicken fäst på diademet. De röda stenarna fångades upp av solstrålarna genom fönstret och glittrade likt stjärnor. Katten Sotis gäspade stort och tittade slött på Sara.

”Där är du ju!” sa Evert och gick fram till katten. Sotis reste sig genast och strök huvudet välvilligt mot Evert.

”Hej! Visst är jag fin?” sa Sara och log.

”Hej! Visst”, sa Evert ointresserat. ”Grattis! De andra väntar på dig. Vi kan väl gå ut?”

Hon släppte blicken i spegeln och följde efter Evert.

”Ser man på! Där har vi världens finaste tjej”, utbrast Putte och lyfte upp henne i luften.

”Nej! Sätt ner mig! Jag är nio år och inte en liten bebis längre”, utbrast Sara generat.

Putte tittade bistert på henne och grimaserade. ”Är det sant? När hände det?”

”Men dummer! Jag har ju blivit ett år till, varje år …”

”Förlåt lilla vän. Nu ser jag det. Du har blivit riktigt stor. I nästa år blir du säkert gammal och rynkig.”

Sara tittade argt på Putte. ”Nu är du dum. Jag blir tio nästa år och då är man inte gammal.”

”Jag tror bestämt att vi avbryter där”, inflikade Ella och räckte fram ett litet paket till Sara. ”Grattis Sara!”

Johan som gömt sig bakom Ella började illtjuta. ”Mitt paket … Vill ha mitt paket!”

”Nej, det är Saras paket. Det är hennes födelsedag”, sa Putte och lyfte upp pojken som tystnade tvärt när han fick syn på katten som kom utspatserande på trappan.

”Kisse! Jag vill klappa kisse”, sa Johan bestämt. Men så fort pojken kommit ner på marken försvann katten illa kvickt.

”Vilket pyttelitet paket.” Sara lossade på det glänsande snöret och lade det i en prydlig hög på bordet. I paketet låg en ask. Hon lyfte på locket och drog efter andan när hon såg silverkedjan med det lilla hjärtat.

”Jag skall hjälpa dig att sätta på det”, sa Ella och fäste det vackra smycket runt Saras hals.

”Tack så mycket!” sa Sara leende.

Den blågula fanan hängde slappt längs flaggstången. Gästerna drog sig allt längre in i skuggan under parasoll och träd. Mats hade varit ute i magasinet och hämtat det gamla parasollet. Det var snett och vint men bättre än inget alls eftersom ingen ville sitta i den heta solen.

Han satte solskyddet plats bredvid Hilda. Med en knäpp fälldes det upp, varpå damm och döda insekter for omkring.

"Hoppsan! Det här behövde visst ruskas av först," sa Mats och drog snabbt ihop parasollet igen och gick bort från bordet.

En död skalbagge föll ner på prästen tallrik. Markus tittade olustigt på den.

"Det var inte trevligt. Jag skall hämta en ren tallrik till dig", sa Elin och satte ifrån sig skålen med prinskorvar på bordet.

Hilda och Ada hade kommit på samma tanke och ryckte från var sitt håll tag i prästens tallrik, vilket fick den döda skalbaggen att hamna på Markus rock.

"Men Hilda! Så du bär dig åt", utbrast Ada upprört och började borstade på rocken.

"Tack det räcker nu", sa prästen smått desperat när Ada fortsatte vidare upp mot kragen.

Lugnet infann sig snabbt när den härliga midsommarmaten stod på bordet. Sill, ägg och potatis skickades runt medan Elin gick runt och serverade dryck.

Viking tog emot karotten med färskpotatis och försåg sig rikligt. "Färsk potatis och sill", det är grejer det sa han och skickade vidare skålen till Ulla.

"Ja, och en liten snaps vill du väl ha?" sa Mats och höll fram en flaska brännvin.

Viking plirade med ögonen och nickade gillande. "Gärna det! Det kan man inte säga nej till."

Ulla suckade. "Du kommer väl ihåg att du skulle ta det lugnt med spriten ikväll?"

"Jag har ju inte ens hunnit börja", sa Viking och tittade med hänförd blick på den klara drycken i glaset.

"Vill Putte ha sig en liten rackare?" fortsatte Mats.

Putte nickade. "Självklart! Ingen midsommar utan nubbe. Men bara en eftersom jag skall köra sen."

Ella ruskade bestämt på huvudet. "Nej tack! Jag har aldrig förstått mig på hur man kan dricka något så vedervärdigt."

Putte undslapp ett bullrande skratt och gav henne en blöt puss på kinden. Stina log mot Ella men höll fram sitt glas för påfyllning. Åke nickade mot Mats som fyllde på även hans glas.

"Nej tack! Ingen snaps för mig, men gärna ett glas likör", sa Ada och svepte det sista ur glaset.

Förvånat såg Mats på det tomma glaset. Inte hade väl Sara hällt upp sherry i ett saftglas?

"Ja! Flickan var så snäll och hällde upp ett glas röd saft till mig", sa Ada till svar på hans frågande blick.

"Jahaja! Där ser man", svarade Mats och räckte fram flaskan till prästen.

"Ja, som sagt var, det är midsommar. En liten en gör väl ingen skada."

Sara stannade framför Mats med händerna bestämt i sidorna.

"Pappa! Birgitta vägrar sitta vid barnbordet om hon inte får platsen bredvid mig."

"Men det är väl inget problem?" sa Mats och höll fram flaskan till Edda. "Vill Edda ha snaps?"

Edda nickade och höll fram glaset.

Sara stampade bestämt med foten i marken.

"Det är ett jätteproblem eftersom Ola och Bengt vägrar att flytta på sig."

Viking reste sig och gick med stora kliv mot barnbordet. "Vad är det med er? Låt flickstackarn sitta var hon vill? Nu flyttar du dig!" sa han och pekade på Ola.

Ola räckte ut tungan mot Bengt medan han motvilligt reste sig och satte sig på andra sidan bordet. Bengt flinade skadeglatt.

Mats tog fram en näsduk från byxfickan och torkade pannan. Ett par kortbyxor hade varit skönare.

"Vill min kära fru ha en snaps till sillen?"

Elin ruskade bestämt på huvudet och gjorde en grimas. "Nej tack! Jag avstår gärna."

Lovisa tittade med beslöjande ögon på honom och föste fram sitt glas.

"Tack! Något sådant vill jag för allt i världen inte missa."

Mats log och hällde upp. Han satte sig ner och lyfte glaset. "Skål och välko…"

"Mamma!" skrek Birgitta och kastade sig om Lovisas hals. "Jag vill inte sitta där. De är dumma. Pojkarna säger att jag är för liten. Att jag bara är fem år. Jag är faktiskt sex år."

Vikings ögon mörknade oroväckande medan han utstötte ett missnöjt frustande.

”Hetsa inte upp dig. Det är säkert inget att oroa sig
för”, sa Ulla och ryckte i hans arm.

”Ola och Bengt! En gång till och ni får tillbringa kvällen
i bilen”, röt Viking.

”Men vi har inte gjort något!”, protesterade pojkarna.

”Där ser du! Flickan är nog bara lite pipig”, sa Ulla
lugnande och gav Lovisa ett stramt leende.

Viking såg vädjande på Mats och pekade på flaskan.
”Skulle man kunna få en liten till?”

Mats sträckte sig efter flaskan han hade ställt intill
stolsbenet, skruvade av korken och fyllde Vikings glas.

Mats lyfte på nytt sitt glas. ”Skål och hjärtligt välkomna!”

”Skål och glad midsommar!” utropade de andra i kör.

”Var så god! Ta en bit av Hildas goda gotlandslimpa”,
sa prästen och höll fram en korg.

”Jaså … har Hilda bakat bröd?” sa Ada och knackade
på brödskorpan. ”Jag tror bestämt att Hilda har haft
brödet lite för länge i ugnen.”

Mats såg hur prästen knep ihop munnen. Hilda ryckte på
axlarna och log mot Markus.

Edda böjde sig fram över bordet mot Ada. ”Men Ada, du
som är så duktig på att baka borde ju förstå att det inte är

så lätt att få det rätt. Hilda klarar det säkert bättre nästa gång.”

Mats kunde inte annat än beundra Hilda för hennes tålamod över deras ständiga påhopp.

…

Sara var proppmätt men tvingade sig att äta upp den sista köttbullen på tallriken. De andra var redan färdiga. Skrattet bubblade i henne när hon fick syn på Ada, sovande i en stol med alla dubbelhakorna hoptryckta mot bröstet och med solhatten sluttande ner mot nästippen. Den trutande munnen dallrade för varje andetag och utstötte ett pruttande ljud.

Mamma, Stina och Ella gick skytteltrafik mellan köket och långbordet för att plocka undan.

”Elin ska verkligen ha beröm för den goda löksillen”, sa faster Edda och borstade bort lite smulor från bordet.

”Tack Edda! Ja, den var verkligen jättefin. Men löksillen har faktiskt Hilda bidragit med. Så det är hon som ska ha beröm.”

Faster Edda tystnade och knep ihop munnen så den blev alldeles skrynklig. Sara skrattade.

”Ola! Är du med då? Fånga!” ropade Bengt och kastade ett brunt runt föremål.

Ola vände sig om och tog emot. "Men fy fan! Vad är det här? Det är ju hästbajs!" skrek Ola och kastade tillbaka klumpen mot Bengt som vigt hoppade undan.

"Gå genast in och tvätta händerna!" Sa Ulla strängt.

Ola försvann in i huset medan Bengt sprang skrattande runt husknuten.

"Gud vad jobbiga de är", stönade Evert.

"Ska vi smita upp på vinden?", sa Sara och torkade sig om munnen.

Evert nickade och reste sig från bordet. "Skynda dig innan Birgitta får syn på oss."

De tog sig snabbt in i farstun där de kastade av sig skorna vid foten av trappan och sprang fnissande hela vägen upp.

Dörren knarrade svagt när Sara öppnade den.

"Herregud vad prylar", viskade Evert.

"Skynda dig in och stäng dörren."

Vinden var full av gamla möbler, kartonger och radvis med upphängda kläder på ställningar.

"Kom ska du få se!" sa Sara och öppnade en gammal koffert. "Har du sett en riktig pirathatt någon gång?" Hon lyfte ur den vidbrättade hatten ur kofferten och räckte den till Evert. "Prova!"

Evert såg nyfiket på hatten när han tog emot den.

"Ta på dig den", uppmanade Sara och tillade när han tvekade. "Eller tror du den är farlig?"

Han satte den på huvudet och såg på henne med en frågande blick. "Hur ser jag ut?"

"Som en sjörövare" skrattade Sara. Men den ska nog sitta lite på sned. Inte så där rakt"; sa Sara och rättade till den. Den har tillhört min farfars far. Så hatten är säkert flera hundra år."

Sara böjde sig ner i kofferten och tog upp en svart damhatt, dekorerad med flor och blommor.

"Jag vet inte vem den här kan ha tillhört, men säkerligen någon gammal släkting", sa Sara och klämde försiktigt på de konstgjorda rosorna. "Konstig med svarta rosor."

"Du vet väl att det inte är dina riktiga föräldrar du bor med, utan adoptivföräldrar?" sa Evert och lade huvudet på sned.

Sara tyckte inte om det ordet, adoptivföräldrar. Hon hade inga minnen från tiden på barnhemmet och hade blivit väldigt ledsen när mamma hade berättat att hon var

adopterad. Mamma och pappa hade kramat henne länge
och gång på gång sagt att det gjorde ingen skillnad för
dem. Att de älskade henne precis lika mycket som om
hon skulle ha varit deras egen.

”Jag vet … men du bor inte heller hos dina riktiga
föräldrar”, sa hon och satte hatten på huvudet.

Evert nickade. ”Jag vet och det är jag glad för. Min
styvfarsa var nästan lika elak som Jörgen.”

”Vem är Jörgen?”

Everts läppar smalnade och han svalde.

”Min äldre styvbror. Han gjorde så mycket hemskt men
ändå var det mig farsan blev vansinnig på. Jag fick mycket
stryk och till slut kom socialen och hämtade mig. Morsan
var jätteledsen men hon kunde inte göra något.”

”Vad hemskt …”, sa Sara sorgset.

Han tittade på henne och log svagt. ”Du ser ut som en
tant.”

”Kom! Det finns en stor spegel på andra sidan av
vinden. Vi går dit.”

Med hatten i handen ålade hon sig genom de tätt
hängande kläderna. Hon gick fram till den stora ovala
spegeln och satte hatten på huvudet. Om det tunna nätet

skulle hänga fram eller bak visste hon inte, men fin blev hon.

Det flackade till i taklampans och allt blev för ett par sekunder mörkt. Hon hörde Evert flämta till.

”Evert! Var är du?”

”Jag försöker ta mig fram till dig. Det är stört omöjligt att ta sig genom alla kläder med den här stora hatten.”

Sara vände blicken tillbaka till spegeln.

”Du? Det var längesedan.” utbrast hon glatt. Flickan i spegeln tittade på henne med ett stelt leende. ”Du har blivit stor liksom jag”, sa Sara förundrad.

Högröd i ansiktet efter att ha klättrat och ålat sig fram till henne tittade Evert förvånat på henne. ”Vem pratar du med?”

”Flickan i spegeln.”

Evert tittade i spegeln. ”Vem? Flickan i …?”

”Ser du inte henne? Hon påminner faktiskt väldigt mycket om mig, tycker jag.”

Evert ruskade tveksamt på huvudet. ”Nja … de enda jag ser, är du och jag.”

”Ser du inte hennes mörka långa hår?” sa Sara förvånat och pekade på flickan.

En kraftig duns hördes utanför vindsdörren.

"Vem är …"

Evert lade handen över hennes mun och hyssjade.

Ett dovt skrapande och ett hysteriskt fnitter bröt ut.

"Det är Ola och Bengt. Typiskt", viskade Evert.

De väntade spänt på att någon skulle komma in men allt förblev tyst. Sara vände blicken mot spegeln. Flickan var borta.

"Ska vi gå ner till de andra?" sa Sara och tog av sig hatten.

Evert nickade. "Det är en spännande vind ni har men jag har nog aldrig sett så många prylar på ett och samma ställe."

"Vi lämnar hattarna här så kan vi lättare ta oss igenom", sa Sara och pressade upp en glipa bland kapporna.

De kom fram till dörren. Hon lyssnade och tryckte försiktigt ner handtaget.

"Jag får inte upp den! Kan du prova?" sa Sara förvånat.

Evert tryckte till. "Den sitter som berg. Har de låst dörren?"

”Nej! Det är inte låst”, sa Sara och vred på spärren.
Dunsen! ”Vet du vad jag tror? Att de har satt för något.
Kanske byrån?”

”Tänk om vi aldrig kommer ut?”, sa Evert och
undslapp en snyftning.

”Men snälla Evert. Tror du på allvar att vi skulle få sitta
och ruttna här?”

”Det finns väl ett fönster här någonstans?” sa Evert
och sken upp.

”Ja, men det vetter ut mot baksidan. Tror knappast de
skulle höra oss.”

Evert skruvade oroligt på sig. ”Åh nej! … jag hatar att
vara instängd. Min styvfarsa brukade låsa in mig i en
skrubb.”

”De kommer att hitta oss. Vill du spela Svarte Petter?
Jag såg en kortlek ligga här någonstans. Vi tar några
kuddar och sätter oss här på madrassen.”

Evert såg tveksamt på henne men gjorde som hon sa.

39

”Kan du samla in barnen? Det är dags för saft och tårta”, sa Elin och skyndade upp för trappan till köket.

Mats såg ursäktande på prästen och reste sig från bordet. Barnen, ja … vart hade de tagit vägen? Det var en god stund sedan han sett dem. Det hade varit så lugnt och skönt. Vikings ungar hade en förmåga att alltid höras och synas.

”Sara!”

Han gick ett varv runt huset, men inte ett barn i sikte. Rundan utökades till ladan och hagen, men ingen där heller. Glada skratt från trädgården fick honom att vända tillbaka. Förmodligen var barnen redan där.

Elin tittade förvånat på honom. ”Hittade du dem inte?”

”Jaha! Är rackarungarna borta?” utbrast Viking, samtidigt som han sträckte sig efter glaset. ”Då har säkert sorkjäklarna hittat på något bus igen?” Han tömde glaset i ett svep och torkade sig om munnen med handen.

Ulla rynkade ögonbrynen och blängde argt på Viking. ”Att du alltid ska skylla på våra söner?”

Mats såg oroligt på Elin. Tänk om barnen gått ner till vattenhålet? ”Vi måste hjälpas åt att leta”, sa Mats så lugnt han förmådde.

Viking reste sig medan han höll ett stadigt tag om bordet.

”Herregud! Ska du ut och leta? Du som inte ens kan stå rakt!” fnyste Ulla högröd i ansiktet.

”Jag blir nog tvungen att sitta kvar. Birgitta sover”, sa Lovisa och såg menande på flickan i famnen.

Viking tvekade men satte sig igen. Birgitta skruvade på sig och tittade yrvaket upp på Lovisa.

”Jag är kissnödig”, gnällde flickan och ålade sig ur Lovisas famn.

Mats såg sig omkring. Vart hade ungarna tagit vägen. Han mötte Vikings obekymrade min.

”Tro mig de har hittat på något jävelskap och vågar inte komma fram”, sa Viking och ryckte i skjortan i ett försök att svalka sig.

”Vem hade trott att denna värme skulle komma redan idag”, sa Lovisa och lyfte lite på blusens urringning och fläktade sig. Vikings blick föll på hennes barm när några knappar öppnades vid hennes viftande.

Mats gick in i hallen och lyssnade. Inte ett ljud. Men vad har vi här? Under hatthyllan i tidningslådan låg två par skor huller om buller. Var de uppe på vinden? Sara visste mycket väl att de inte fick vara där. Irriterad tog han trappan i ett fåtal kliv. Byrån framför dörren? Han lyssnade in mot vinden och hörde ett svagt mummel.

”Sara?”

”Pappa! Jag och Evert är instängda.”

Men en knuff var möbeln på sin plats och han kunde öppna dörren.

”Sara! Du vet vad vi har sagt om att vara här uppe.”

Sara tittade på honom med bedjande ögon. ”Det var så jobbigt med Ola och Bengt …”

Mats mötte Everts skrämda blick där han satt i skräddarställning på en madrass med en hög kort framför sig.

”Har ni spelat kort?” sa Mats och log lugnade mot pojken som synbart slappnade av.

”Vi har inte gjort något rackartyg. Vi har bara suttit här”, sa Sara och gav Mats en kram.

”Nåja! Nu går vi ner till de andra. Alla letar efter er.”

Han tittade ut genom trappans fönster. ”Men herregud vad gör de? Står Ulla och bankar på Viking med en sko?”

Sara ögon blev stora. ”Vad gör hon pappa?”

”Seså! Skynda er”, sa Mats och sprang före ner.

Mats gick upp bakom Ulla och fick tag i hennes arm. ”Lugna ner dig!”

Ulla vände sig mot Mats. Om blickar kunnat döda, hade han förmodligen varit död i denna stund. Ulla pekade argt mot Viking.

”Den drummeln! Så fort han ges möjlighet, fjäskar han och ränner efter lössläppta fruntimmer”, fräste Ulla och dängde skon i bordet med en smäll.

”Vad sa du att jag var?” sa Lovisa gällt. ”Kan jag få tillbaka min sko tack!”

Viking sa inte ett ord. Han gned med handen över den begynnande flinten.

”Om du hade kommit två sekunder tidigare, hade du sett att jag föll. Jag trampade snett och förlorade fotfästet”, fortsatte Lovisa upprört och blängde på Ulla.

”Seså! Mina damer. Det var troligtvis en olyckshändelse. Inget att haka upp sig på”, sa Mats vädjande. ”Det är faktiskt midsommar. Vi ska väl ha trevligt? Och förresten är det barn här. Inte så lämpligt att bråka då.”

Ulla muttrade något ohörbart och satte sig ner bredvid Viking.

Elin kom ut på trappan med två pojkar i släptåg.

”Här har vi de andra två. Jag hittade dem i tvättstugan.”

”Åh! Tack och lov!” utbrast Ulla. ”Ni får inte försvinna så där, vi har varit så oroliga allihop.”

”Vad gjorde ni där och vem hade gett er lov att gå in dit?” sa Viking strängt.

”Nu äter vi lite tårta tycker jag”, sa Elin och höll ner fatet framför Sara.

”Jag tycker inte om att du alltid lägger skulden på dina egna söner”, muttrade Ulla.

Mats böjde sig fram och tog tag i Ullas hand. ”Kan vi inte strunta i det här nu? Vi kan väl försöka ha lite trevligt. Det är faktiskt även Saras födelsedagskalas.”

Viking nickade ett tyst tack till Mats. Han besvarade hans nick, men insåg i samma stund att Viking borde tänka till när det gällde drickandet. Det hade nog blivit lite för mycket under västen.

Fru Åkerblom vaknade ur sin slummer. ”Hoppsan! Den heta solen gjorde mig tydligen väldigt trött.” Hon satte sig tillrätta och såg på den tomma koppen framför sig.

”Jag kommer strax med kaffe, Ada!” sa Elin och skyndade in till köket.

Ada skruvade otåligt på sig. ”Det är nog dags för ett besök på huset.”

Hon reste sig från stolen och famlade efter bordskanten. Mats såg förfärat hur Ada vinglade till. Han reste sig upp för undsättning, men försent. Viftande och skrikande föll hon raklång mot prästen. Markus förskräckta ansiktsuttryck påminde om en fågelholk då han med nöd och näppe lyckades hålla balansen när Ada föll över honom. I farten fick hon fatt i hans prästkrage.

"Men herregud! Vad är det som händer?" utbrast Hilda.

Ella reste sig genast och hjälpte Ada upp. "Hur gick det?"

"Min hatt! Kan du ge mig den?" sa Ada smått skakad. "Kan Ella hjälpa mig in? Jag behöver en stödjande hand."

Ella tog ett stadigt tag om Ada och tillsammans gick de sakta uppför trappan.

Prästen såg på den tillknycklade kragen, ryckte på axlarna och räckte den till Hilda. "Kan Hilda förvara den i sin väska?"

Myggorna surrade envist runt gästerna vid bordet. Då och då hördes en och annan klatsch i ett försök att freda sig från de otäcka krypen. Tonläget hade dämpats och en rofylld känsla hade infunnit sig. Birgitta sov i hammocken tillsammans med Sotis. Någonstans i fjärran hördes kor råma.

Viking satt med halvslutna ögon och försökte föra ett samtal med Mats angående lag och ordning.

”Hur är det? Är flaskan tom eller bjuder du på en rackare till?” sa Viking och drog in ett djupt andetag.

”Nej, flaskan är tom. Jag tror bestämt att det räcker nu.” sa Mats och mötte Ullas tacksamma blick.

”Jahaja! ” fnös Viking och blängde på Ulla. ”Glädjedödare. Jag tror bestämt att myggorna är glada i dig eller är det hornen som börjar visa sig?”

 Ulla tog sig för pannan. ”Usch! Vad du är dum! Jag tycker att det är dags att gå hem. Klockan är mycket och du har tömt deras barskåp.”

De andra gästerna höll med och började resa sig från bordet. Det hade varit en trevlig dag och kväll. Mats reste sig, trött men nöjd.

”Ska vi verkligen gå hem? Det kommer att ta hela natten, eftersom det går två steg fram och ett steg bak”, bullrade Viking och snubblade till.

”Ja, det kan du roa dig med. Jag tänker minsann inte vänta på dig!” sa Ulla irriterat och gick iväg.

Putte tittade på Ella. ”Jag kan köra er hem”, sa han och öppnade bildörren.

”Åh, vad snällt. Det hade tagit hela natten för fyllbulten att hitta hem”, sa Ulla och log mot Putte. Hon blängde surt på Viking som försökte krångla sig in i framsätet. Ola och Bengt tävlade om att komma först in i baksätet. Ingen ville sitta i mitten. Ulla suckade högt, klev in i baksätet och föste milt ihop pojkarna.

Putte satte sig bakom ratten och under skrik och tjut försvann bilen från gården.

Prästen lyfte in Birgitta till Lovisa i baksätet.

"Tack! Du har så varliga händer", sa Lovisa och log.

Hilda och Edda bytte menande blickar och klev in i baksätet.

"Jaha! Fru Åkerblom. Nu är det bara platsen bredvid Markus kvar. Så du får sitta i framsätet", sa Mats och hjälpte henne på plats.

"Nu skall det bli skönt att komma i säng, eller hur pastorn", sa Ada och klappade prästens på knät.

Mats, Elin och Ella vinkade glatt när bilen lämnade gården. Elin drog en suck av lättnad och slog sig trött ner i en stol. Hon sparkade av sig skorna och spretade med tårna. Kvällen var ännu ljum. En svag vindpust förde med sig en svag doft av Jasmin. Ella och Mats slog sig ner bredvid Elin. De satt alla tysta och lyssnade till det rådande lugnet. Evert reste sig ur hammocken och gick bort till hästarna.

Putte kom tillbaka och stannade bilen med ett ryck och klev ur.

”Jäkla ungar! Tror ni inte de lyckade rycka loss veven till fönstret?” sa Putte argt.

Mats gick bort till bilen och lyckades efter lite trixande få fast den.

Ella såg på Johan som hade somnat i soffan på verandan.

”Nej, nu får vi tacka för oss”, sa hon och hämtade det sovande barnet. Elin och Mats slog följe ut till bilen. Ella la försiktig in Johan i baksätet och bredde en filt över honom.

”Vi får göra om något liknande snart och då får det bli hemma hos oss”, sa Ella och kramade Elin.

”Låter trevligt men vi kanske inte behöver göra det så stort. Kunde vara trevligt om det bara var vi.”

”Så sant. Kom nu Evert, det är dags att åka”, ropade Putte och klev in i bilen. Pojken var snabbt på plats i baksätet.

Mats lade armen om Elins axlar. Tillsammans såg de bilen försvinna runt kröken.

”Vi lämnar städningen till imorgon. Jag är så trött att jag kan somna stående”, sa han och drog Elin intill sig.

Elin gäspade och log lyckligt. "Vilken kväll! En midsommar att lägga på minnet. Eller hur?"

"Ja, absolut! Det är sådant vi får sitta och minnas tillbaka på när vi sitter på hemmet."

Mats stängde ytterdörren och låste. "Gå du upp så länge. Jag ska bara titta till Sara."

Försiktigt gläntade han på dörren och kikade in. Så stor hon hade blivit. Åren hade gått så fort. Vemodig stängde han efter sig, viss om att så småningom skulle hon inte behöva honom längre. Han och Elin skulle alltid finnas där för henne, men hennes rötter var för alltid avhuggna. En dag skulle han bli tvungen att berätta. Om Magda och hennes tvillingsyster, men inte än.

40.

Mats drog sig ut från bilens underrede och satte sig upp. Vilket jäkla slitgöra att byta olja. En ramp hade underlättat betydligt. Denna hetta. Det hade suttit fint med lite regn. Till och med insekterna verkade vara påverkade av torkan. Halv tolv! Snart dags för lunch. Oljekaret kunde stå kvar under bilen så länge. Då hade han bara till att fylla på olja. Sen var den servad upp till takräcket.

Han slog igen dörren och vände på skylten till stängt. I hagen på väg ner till gården gick hästarna och betade i lugn och ro. De lyfte på huvudena och nickade igenkännande.

"Ni ska få lite godsaker när jag kommer tillbaka!"

En svag bris kom som en skänk från ovan. Tveksamt såg han på sina smutsiga kläder och bestämde sig för att slå sig ner utomhus.

"Elin! Jag stannar här ute! Är så smutsig", ropade han in mot köket. Dörren till tvättstugan for upp med kraft och slog emot väggen. "Hur är det?" ropade han förvånat när Elin med vild uppsyn kom ut på trappan.

"Allt är förstört!" fräste Elin och kastade tvättkorgen på marken.

"Vad är det som är…"

"Tvätten, mangeln, mangelduken! Hela mangelduken är svartfläckig och sitter fast. Jag kan inte rubba den!"

"Men vad …"

"Ja, inte vet jag!" skrek Elin argt.

"Lugna ner dig. Jag kommer med och ser på mangeln." Han tvättade hastigt av händerna i regnbaljan.

En sötsur lukt mötte honom i dörren. ”Det luktar ruttet?” Han tog tag om handtaget på mangeln och tryckte till.

”Se hur det ser ut!” sa Elin och pekade på den spända mangelduken.

”Jag hämtar lite verktyg. Vi blir nog tvungna att ta isär den.”

”Usch! Jag orkar inte se på eländet. Fixar du det, så ordnar jag något att äta”, sa Elin och försvann ut.

Mats återvände med verktygslådan och såg tvivlande på mangeln. Hur fasiken tog man isär en sådan? Han tog tag i handtaget och ryckte till med kraft. Det var det som behövdes. Däremot gick det inte att få ut mangelduken och lakanet utan att dra sönder dem, men sen gick det att rulla ut. Svarta kletiga fläckar bredde ut sig genom alla lager. Bananskal?! Hur i hela friden hade de hamnat där?

Elin tittade in genom dörren. ”Hur går det?”

”Bananskal i mangeln!”

”Vad?” sa hon och rynkade ögonbrynen.

”Längst in låg det två bananskal. Tyvärr så blir vi tvungna att skaffa en ny mangelduk. Tror inte att den går att rädda och inte lakanet heller.” sa Mats och höll upp det sörjiga tygbyltet.

”Ola och Bengt! Midsommarafton. Jag hittade dem här inne. Jäkla ungar!” utropade Elin argt.

Han suckade vid minnet och skakade på huvudet. ”Ja, de har det nog inte så lätt med dessa rackarungar.”

”Tack för att du fixade mangeln. Trodde nästan att jag skulle bli utan den. Har ingen större lust att stryka lakan och handdukar.”

Mats log mot henne. ”Har du ordnat något ätbart? Jag är vrålhungrig.”

Elin nickade tacksamt. ”Omelett och prinskorv. Blir det bra?”

”Tack! Det låter härligt med en bit mat i skuggan under trädet. Du gör väl mig sällskap?”

Elin log mot honom. ”Givetvis min duktige make. Det är redan dukat och klart.”

41.

Juni 1976

Frustrationen sjöd i Sara. Hur kunde hon vara så korkad och berätta för Marie? Hettan brände i kinderna. Bortgjord inför alla. För nu visste alla i klassen att hon var kär i Thomas. Varför avslöjade Marie hennes hemlighet? Marie som var hennes bästa vän. Hon hade lovat att inte säga något.

Gruset sprätte runt fötterna där hon gick i rask takt på väg hem från bussen. Hur skulle hon klara av de sista dagarna i skolan innan det äntligen blev sommarlov? Thomas hade lett fånigt tillgjort och blinkat till henne, för att sedan fortsätta förbi till sin bänk. Förmodligen hade hon varit röd som en tomat i ansiktet. Alla hade skrattat, till och med Marie.

Klänningen till festen! Marie kunde glömma att få låna den och hon själv tänkte inte gå. Aldrig i livet.

Sara kom in på gårdsplanen. Skönt, ingen där. Jobbiga frågor var det sista hon ville ha. Hon sprang uppför trappan och slet upp ytterdörren, krängde av sig skorna i hallen och skyndade in på sitt rum. Tårarna trängde bakom ögonlocken.

Hon hade sett fram mot den stundande avslutningsfesten för niorna. Det skulle bli så skönt att få lämna skolan. De sista åren hade mest varit en plåga. Visst var det roligt att lära sig nya saker, det var inte det som var problemet. Nej, hon hade helt plötsligt känt sig udda och utanför. Hon visste inte varför. Fast hon hade vänner kände hon sig ensam. Blicken fastnade på skolfotot. Alla såg så glada och förväntansfulla ut, till och med hon. Men hennes leende satt bara på utsidan, för inombords var hon oftast ledsen.

Den hemliga förälskelsen i Thomas, som nu var avslöjad gjorde henne arg. Dumma Marie och den flinande Thomas! Aldrig i livet att han skulle få göra sig löjlig på hennes bekostnad. Det skramlade till i köket.

    ”Sara! Är du hemma?!” ropade pappa.

Sara kastade sig raklång på sängen med ansiktet vänt mot väggen.

Dörren gled upp. ”Sara? Sover du?”

Hon hummade något till svar och tillade ”Behöver vila en stund. Har ont i huvudet.”

    ”Javisst! Förlåt, vila du.”

Ytterdörren slog igen och allt blev tyst. Hon suckade lättad. Att berätta för pappa om Thomas var otänkbart. Så pinsamt! Hon kunde inte gå till skolan i morgon. Att bli sjuk var den enda lösningen. Strunt samma med avslutningsfest och ny klänning.

Motvilligt återkom hon från drömmarnas värld. Sara sträckte på sig. Den bittra sanningen gjorde sig bryskt påmind. Hon satte sig på sängkanten och grinade illa. Visst hade hon lite ont i magen? Ett par sorgsna ögon mötte henne i spegeln. "Fy så ful jag är."

De tårade ögonen blev med ens varma och det ljust trassliga håret mörkt och blankt.

"Du är inte ful. Du är ledsen", sa den välbekanta flickan i spegeln.

"Du ... det var längesedan. Du har blivit stor, liksom jag", sa Sara något gladare. Porträttet i spegeln förvandlades till ett stelt fotografi. "Nej snälla ... stanna."

De varma ögonen och det mörka håret försvann allt mer och den enda bild som blev kvar, var hon själv.

...

Mats fyllde koppen med kaffe och satte sig vid köksbordet. Elin var i stan hos tandläkaren och Sara sov. Allt hade gått betydligt fortare i verkstaden än han räknat med. Så eftermiddagen låg öppen för förslag. Det hade varit trevligt att ta en sväng förbi Hammarudden med Sara, men hon hade ont i huvudet och behövde vila.

Det rullade in mörka moln över Gothem. Men det var tveksamt om det skulle komma regn. Han lade i en sockerbit och rörde om. Var låg dagens tidning?

 Mats reste sig och gick ut till farstun och hittade tidningen på hallbordet.

Ett svagt mummel från Saras rum hördes. Pratade hon med katten? Försiktigt böjde han sig fram mot dörrspringan och kikade in.

"Jag önskar att du hade funnits på riktigt", sa Sara mot spegeln. "Kom snart tillbaka min vän", fortsatte hon och la handen mot spegeln.

Det dåliga samvetet högg till i hjärtat. Herregud … han trodde att hon hade växt ifrån sin låtsasvän. Det kändes som om någon kastat en blöt yllefilt över honom och hur han än ruskade på sig fanns den kvar. Frisk luft! Han slet upp dörren. Den svala luften gjorde det lättare att andas och han slog sig ner på trappan.

"Du glömde ditt kaffe på bordet", sa Sara bakom honom. Hon räckte honom koppen.

"Tack gumman! Hur kunde jag göra det? Mår du bättre?"

"Ja … det känns mycket bättre", sa hon och slog sig ner på trappan intill honom.

”Ska vi åka en sväng till Hammarudden?”

”Hammarudden?” sa hon förvånat. ”Det blir nog regn snart.”

”Tänkte titta till den gamla stugan. Det var längesedan jag var där och lite regn gör väl inget? Vi kan åka förbi Putte och Ellas nya sommarstuga också.”

Sara nickade och reste sig. ”Nej lite regn gör absolut ingenting. Det behövs betydligt mer än så för att stoppa mig.”

...

Mats svängde av mot Viby och stannade framför en liten röd stuga.

”Så söt den är!” utropade Sara och klev ur bilen.

De gick ett varv runt huset. Sara satte sig på trappan till huset.

”Ja, här får de det fint. Vi är hitbjudna på inflyttningsfest till midsommar”, sa Mats leende.

”Det skall bli roligt att träffa Evert. Det är evigheter sen vi sågs. Han kommer väl också?” sa hon ivrigt.

”Jag vet inte. Han utbildar sig till polis och får kanske inte ledigt. Vad säger du, skall vi åka ner till Mummas stuga?”

Sara nickade och reste sig.

...

Mats bromsade in vid stugan. De satt kvar en stund och betraktade den. De klev ur och gick fram till dörren.

"Här har du nyckeln. Lås upp vet ja!" sa Mats förväntansfullt.

Sara gjorde som han sa och knuffade upp dörren."

"Åh! Så gott det luktar av såpa." Sara gick fram till spisen och strök över den svarta blanka hällen. "Vilken mysig stuga. Det känns som jag hör hemma här och det är knasigt när jag aldrig har varit här förut. Eller har jag det?", sa hon stilla.

Mats höll andan och sa sedan krystat. "Det var här du föddes."

Sara vände sig tvärt mot honom. "Vad sa du?! Föddes jag här? Men hur …?"

"Kom vi sätter oss ute på bänken."

De slog sig ner på den gamla bänken som Mats medvetet låtit bli kvar i sitt ursprungsskick sen Mummas tid.

"Det var midsommarafton 1960 och jag var ute och rodde. När jag närmade mig åmynningen hittade jag din mor, halvt medvetslös. Jag tog upp henne i båten och hon lät mig förstå att hon flytt från båten som låg för ankare en bit utanför. De letade efter henne och hon var mycket rädd. Jag tog henne hit till Mumma och på natten föddes du och …" Mats tog ett djup andetag. "… din syster."

Sara flämtade till och rusade upp. Mats blev ifrån sig när han såg hur hon vilset började gå fram och tillbaka. Han skyndade fram och tog henne i famnen.

"Lilla älskade! Jag visste inte hur jag skulle berätta för dig men du måste få veta."

"Har jag en syster? Var är hon?" sa Sara med darrande röst.

Mats strök henne över ryggen. "Jag vet inte. Hon blev adopterad. Du må tro att jag har letat. Jag är så ledsen, men det finns inte ett spår av henne."

"Vad hände med min mamma?" snyftade hon.

"Magda dog strax efter er födelse. Det finns en grav på Gothems kyrkogård." Mats valde varje ord med omsorg.

"På vår kyrkogård? Har hon legat där hela tiden och ni har inte sagt …"

Paniken började krypa under skinnet. "Förlåt.", viskade han och drog henne till sig. "Det har inte varit lätt."

Sara darrade i hans famn och han slöt ögonen i vanmakt. Stackars barn.

”Ingen vet vem hon är. Bara jag, Elin, Mumma och så nu du. Magda kom från Estland och var bara sjutton år. Hon var livrädd att männen skulle komma och ta barnen…er. Vi kan åka till graven om du vill?” sa han och log svagt mot henne.

Sara nickade. Beskyddande höll han armen om hennes axlar när de gick till bilen.

”Jag tänker fortsätta att leta efter min syster så länge jag lever”, sa Sara och såg på honom med tårar i ögonen.”

Mats strök henne över kinden. ”Och jag skall hjälpa dig.”

…

En stor sten hade fallit från Mats hjärta efter att han berättat för Sara. Hon hade blivit upprörd men ändå tagit det bra. Mats hade varit noga med att tala om att hon själv fick välja om hon ville berätta för andra eller inte. Han kunde inte begära att hon skulle hålla tyst.

”Vad tänker du på?” undrade Elin och kröp ner under täcket.

”På Sara. Det blev ett fint samtal ute vid Hammarudden. Hon har blivit stor. När hände det? Visst är det märkligt. Igår sex år och idag sexton …”

”Ja, det är ruggigt vad åren går fort”, sa Elin och smekte hans arm.

Mats lade sig på sidan och drog henne intill sig.

”Vår lilla flicka som vi bara har haft till låns. Aj!” sa Elin irriterat och viftade med handen.

Mats såg förvånat på Elin. ”Aj?”

”Mygg! Jäklar, fönstret är ju öppet!”

”Det var så varmt …”

”Stäng genast! Jag går ner och hämtar flugsmällaren”, sa Elin och kastade täcket åt sidan. Han satte sig upp. Tog asken med örhängena från nattygsbordet och lade ner dem i lådan. Kanske kunde han vänta ett tag med att berätta om dem, men inte länge till …